Klaus Nitzsche
Treffpunkt
Schwarzer Drache

Klaus Nitzsche

Treffpunkt Schwarzer Drache

Lizenzausgabe mit freundlicher Genehmigung
des Kinderbuchverlages, Berlin 1978
Umschlag von Edith Schindler

Alle Rechte der deutschen Ausgabe vorbehalten
© Benziger Verlag Zürich, Köln 1980
ISBN 3 545 32201 7
Gesamtherstellung: Salzer - Ueberreuter, Wien
Printed in Austria

Ein Mann, der Mayken gefällt

Der Morgen begann so verkehrt, wie der Tag enden sollte.
Die Mutter hatte mich geweckt, und ich war noch einmal eingeschlafen. Nun war es höchste Zeit. Wenn ich nur die verflixten Haken zubekäme! Ich mühte mich mit dem blauen Sonntagswams ab und lauschte auf die Schläge der Turmuhr. Die Glocke hörte man selbst bei geschlossenem Fenster ganz deutlich, so nahe an Onze Lieve Vrouwe Kerk liegt die Goudsmidstraat.
Unser Haus in Antwerpen steht schon über achtzig Jahre. Das kann man am Giebelbalken lesen. Dort haben die Zimmerleute die Jahreszahl 1486 eingeschnitzt. Der Vater hatte das Haus vom Großvater geerbt, der wohl aus Mecheln stammte und es seinem Meister abkaufte, als er sich in Antwerpen niederließ. Na, so genau weiß ich das nicht, auf jeden Fall waren beide Goldschmiede und hießen Gansfoort, so wie ich.
Natürlich hatte jeder einen anderen Taufnamen. Mein Vater hieß Rupert, und ich heiße Geert, wie mein Großvater, aber ob die Zeiten, in denen er lebte, wirklich so gut waren, wie die Leute erzählen, kann ich nicht sagen. Seit der spanische Herzog Alba mit seinen Söldnern im Lande ist, sind sie jedenfalls lausig, so wird geflüstert, und manchmal sind auch schlimmere Ausdrücke zu hören.
Es stimmt aber auch. In Antwerpen und überall in unserem Land ist der Teufel los. Kein Tag vergeht ohne Verhaftungen und Hinrichtungen.
Aber ich will der Reihe nach erzählen. Meine Geschichte beginnt an einem Festtag, Mariä Himmelfahrt.
Ein wenig freute ich mich auf die Prozession, aber nicht so wie in den letzten Jahren. Ich wußte nicht, woran das lag. Vielleicht nur an dem zu engen Sonntagswams. Man kann sich in Sonntagskleidern nicht bewegen. Es hängen so viele Ermahnungen daran. „Mach dich nicht schmutzig, Geert! Sei vorsichtig, Geert!"
Die Mutter hatte schon zweimal gerufen. Ich ließ Haken Haken

sein, griff nach meinem Skizzenbuch und lief in die Wohnstube. Seit ich bei Meister Huchtenbroek die Malerkunst erlernte, ging ich nie ohne Heft, Kohle und Silberstift weg.

Die Mutter stand vor dem runden venezianischen Spiegel, den Vater in einen kunstvoll getriebenen Silberrahmen gefaßt hatte.

„Der Meister ist schon weg", sagte sie, ohne sich umzudrehen.

Ich sah zu, wie sie ihr widerspenstiges Haar zu einem Kranz ordnete. Nur um diese Morgenstunde zwängt die Sonne ihre Strahlen in unsere enge Gasse. Die Butzenscheiben glühten in allen Farben, und die Lichter spielten in Mutters Haar. Sie färbten ihr blasses, schmales Gesicht rötlich und bräunlich und golden.

Die meisten Frauen in unserem Viertel waren rund und kräftig, aber Mutter war klein und zierlich, wie die Italienerin auf einem Gemälde im Schilderpand. Eines Tages wollte ich nach Italien gehen. Alle Malergesellen wandern nach Italien, dachte ich, und wenn sie zurückkommen, werden sie berühmte Meister.

„Fertig?" fragte die Mutter.

Wie so oft, wenn Vater nicht dabei war, sprach sie englisch mit mir. Sie wollte, daß ich mich in der Sprache übe, und meist tat ich ihr den Gefallen.

Als Mädchen hieß Mutter Gresham, und sie war eine richtige Engländerin. Ihr Vater hatte die Londoner Wollhändler in Brügge vertreten und dort bis zu seinem Tode ein großes Haus geführt, wie man so sagt, und zweimal im Jahr hatte ich ihn besuchen dürfen.

Ich bat die Mutter, mir bei dem Wams zu helfen, und sie zerrte an den Haken. „Wohin willst du noch wachsen, Junge? Es ist nur ein Jahr alt, und wir müssen schon wieder ein neues anmessen lassen." In ihrer Stimme klang eher Stolz als Bedauern. Sie strich mir über das Haar und legte ihren Arm um mich.

Aber dem entzog ich mich schnell. Solche Zärtlichkeiten sind etwas für kleine Jungen. Mit vierzehn ist man fast erwachsen.

„Laß dein Skizzenbuch hier", sagte sie, als wir die Treppe hinuntergingen.

„Ich möchte die Prozession zeichnen."
„Laß es hier! Es lenkt von der rechten Andacht ab." Ihr Ton duldete keinen Widerspruch.
Ich überlegte, weshalb sie so streng war. Sicher fürchtete sie, jemand könnte Anstoß nehmen, wenn ich zeichnete, während Mönche das Kruzifix und die Marienbilder vorbeitrugen. Also legte ich das Heft auf die große Truhe neben der Tür zu Vaters Werkstatt.

Auf der Straße trafen wir Nachbarn und Bekannte. Ich hatte Mutter versprochen, höflich zu sein und auf Fragen artig zu antworten. Manchmal fällt mir das schwer, denn Erwachsene stellen oft die gleichen dummen Fragen. Dann werde ich ungeduldig. Heute interessierte zum Glück keinen, wie es mir bei Huchtenbroek gefiel und ob ich ein großer Künstler werden wolle. Nach der Begrüßung verschlossen sich ihre Lippen. Keine Spur von Fröhlichkeit und Festtagsstimmung wie vor zwei Jahren. Ich kam mir vor wie auf dem Weg zum Begräbnis. Selbst die muntere mevrouw Pieterson ging schweigsam neben Mutter. Sie wirkte sehr bedrückt, wahrscheinlich weil ihr Sohn Jan weg war. Sie zog ein Gesicht, als regne es seit Tagen. Dabei schien die Sonne, und ich schwitzte schon jetzt. Das Wams drückte und zwickte an allen Enden. Am liebsten hätte ich es mir vom Leibe gerissen.

„Haben Sie etwas von Jan gehört?" fragte ich mevrouw Pieterson. Sie zuckte zusammen und schüttelte unmerklich den Kopf.

Ich hätte mich ohrfeigen können.

Jeder weiß doch, daß überall Siebenstüberleute lauern. Vielleicht spitzte der Mann vor mir für einen Tagelohn von sieben Stübern für die Spanier oder die Inquisition, was fast dasselbe ist, die Ohren. Wir hatten Angst vor Spitzeln. Keiner traute mehr dem anderen. Das bedrückte alle. War Jan wirklich zu Wilhelm von Oranien gegangen, dann war meine Frage auf offener Straße eine Dummheit. Sie hätte mevrouw Pieterson in Gefahr bringen können.

Jan ist zwei Jahre älter als ich und viel kräftiger und ein prima

Kerl. Wir haben uns nie ernsthaft geprügelt. Er brachte mir bei, mit der Steinschleuder genau zu zielen, und er konnte mit der Armbrust seines Vaters schießen. „Mit dieser Armbrust ziehe ich gegen die Spanier", sagte er immer. Ob er wirklich in Deutschland war? fragte ich mich. Wilhelm von Oranien sammelte dort ein großes Heer gegen Alba. Insgeheim bewunderte ich den Grafen Wilhelm, weil er sich nicht wie unsere anderen Adligen von den Spaniern hatte einfangen lassen, sondern ihnen die Stirn bot. Aber das konnte ich nur Jan sagen und Tijs, dem Sohn von Onkel Arent.

Arent Bijns ist ein Verwandter meines Vaters; um sieben Ecken herum, wie man so sagt. Die Bijns gibt es mindestens ebenso lange in Antwerpen wie die Gansfoorts, aber niemand weiß heute mehr zu sagen, wie verwandt beide Familien eigentlich miteinander sind.

Aber das ist auch nicht so wichtig, finde ich, wichtig ist nur, daß ich Onkel Arent und Tante Griet gern besuchte. Bei ihnen ging es oft sehr lustig zu, obwohl sie weniger Geld im Beutel hatten als meine Eltern. Die Bijns wohnten in einem anderen Viertel Antwerpens, in einer der vielen Katen am Hafen. Onkel Arent war nämlich Fischer. Fast jeden Tag fuhr er hinaus, um sein Brot zu verdienen. Sein Gesicht war nicht nur im Sommer braun – als ich noch sehr klein war, wunderte mich das immer –, Wind und Wetter ließen es auch im Winter nicht blaß werden, und seine Hände hatten von der derben Arbeit eine dicke Hornhaut bekommen. Manchmal kam plötzlich Sturm auf, wenn er auf dem Meer arbeitete. Tante Griet hatte dann große Angst, die Wellen könnten das kleine Boot verschlingen, und mehr als einmal war ihr Mann um Haaresbreite dem nassen Tod entgangen. Aber Onkel Arent war nicht unterzukriegen, er kam, Gott sei's gedankt, immer wieder nach Haus.

Doch zurück zu Mariä Himmelfahrt, zurück zu Jan. Schade, daß er jetzt nicht da war. Ich dachte ihn mir in der Kleidung der Armbrustschützen. Ich stellte mir vor, wie er mit den siegreichen Truppen in Antwerpen einzog, trat unwillkürlich fester auf und reckte die Brust heraus.

Hinter meinem Rücken kicherten zwei Mädchen. „Den möchte ich nicht zum Liebsten haben", sagte die eine zur anderen. „Er ist dürr wie eine Latte und steif wie ein Stock."

Ich spürte, wie mir das Blut in den Kopf schoß. Ich schämte mich und war zugleich wütend. „Dumme Gänse", sagte ich laut, daß es alle hörten, aber ich drehte mich nicht um. Die Mutter warf mir einen strafenden Blick zu.

Ich wollte mir gern die Festzugswagen auf dem Grünplatz vor der Kathedrale ansehen, aber spanische Reiter, starr wie Statuen, versperrten den Weg. Wir bogen in die Mönchsgasse ein und kamen in das Menschengewühl der Langen Neuen Straße. Auch hier spanische Reiter und Fußknechte. Stadtbüttel räumten die Straßenmitte und drängten uns an die Häuser.

Die Glocken der Kathedrale im höchsten Turm von Flandern und Brabant verkündeten mit mächtigem Geläut den Aufbruch der Prozession. Alle Glocken der Stadtkirchen und Klöster fielen ein. Wir reckten die Hälse, und wir brauchten nicht lange zu warten.

Der Zug war nach hergebrachter Ordnung ausgerichtet. Voran die Stadtmusikanten. Mir schmerzten die Ohren, so hart bliesen sie die Querpfeifen, und so heftig rührten sie die Trommeln. Der Lärm ihrer Instrumente verschluckte das Glockengeläut.

Nach ihnen die Handwerker der Stadt, Bildhauer, Seidensticker, Plattner, Weber, Huf- und Waffenschmiede. Ich kann ihre Zunftzeichen so gut wie Pferdearten und Schiffstypen unterscheiden. Sonst freute ich mich an ihren bunten Festtrachten, heute ertappte ich mich dabei, zu zählen. Wie viele waren vor den Spaniern geflohen? In der ganzen Stadt lebten nur noch acht Rauchfangkehrer, drei Dutzend Schuhmacher und ungefähr ebenso viele Gewandschneider. Bald hätten wir uns die Kleider selbst nähen und die Schuhe allein besohlen müssen. Von den vielen Malern, die in den Liggeren, dem berühmten Register der Lukasgilde von Antwerpen, verzeichnet stehen, waren nur zehn in der Stadt geblieben.

„Hooft ist auch weg", flüsterte ich der Mutter zu, „nach England."

Das wußte ich von Caspar Franck, Huchtenbroeks ältestem Gesellen. Er ging neben dem Meister. Ich winkte ihm zu, und er antwortete mit einem Augenzwinkern. Huchtenbroek blickte starr geradeaus. Er schwitzte. Sein Gesicht glänzte wie eine reife Tomate nach einem Sommerregen.

Ich begann Mutter zu erzählen, weshalb Hooft geflohen war. Sie wollte nichts wissen. Selbst als ich ihr ins Ohr flüsterte, hatte sie Angst, ein Dritter könnte es hören.

„Wo sind die Schützen?" fragte sie. Vielleicht wollte sie mich nur ablenken. Oder gehörte sie tatsächlich zu den Weibern, die alles vom Kochen und Braten und nichts von der Welt verstehen? Das hatte Vater einmal zu ihr gesagt.

„Weißt du nicht, daß Herzog Alba jedem Niederländer das Tragen und den Besitz von Waffen verboten hat?" erklärte ich ein wenig von oben herab. Tijs hatte sich mächtig darüber empört. Mich bekümmerte nicht, daß die Reisigen und die Schützen der Büchsen, Bogen und Armbrüste im Zuge fehlten. Ich interessierte mich nicht für die Handhabung von Schwert und Hakenbüchse und wollte nie auf einem Schützenplatz üben. Ich wollte lernen, mit Silberstift, Zeichenkohle und Pinsel umzugehen.

„Knie nieder!" zischte die Mutter.

Ich sank in die Knie, denn nun näherte sich die Geistlichkeit.

Chorknaben in Weiß mit hellen Stimmen.

Mönche in dunklen Kutten mit dumpfen Gesängen.

Der Bischof unter einem purpurnen Baldachin im prächtigen Gewand.

Ich murmelte Gebete und bewunderte heimlich die Farben der Kleider der hohen geistlichen Würdenträger. Ich sah keine Gesichter, nur Farben: warmes Gold, lichtes Blau, grelles Silber, tiefes Purpur. Mannigfaltige Schattierungen, durch Licht und Schatten bewirkt. Ich fragte mich im stillen, ob ich es je lernen würde, all diese Töne auf der Tafel oder der Leinwand festzuhalten.

Jetzt kamen die Domherren von Onze Lieve Vrouwe Kerk. Nach

ihnen Dominikanermönche in ihren weißen Röcken und schwarzen Mänteln. Dazwischen Wagen mit Darstellungen aus der biblischen Geschichte. Der prächtigste trug eine überlebensgroße Figur der Heiligen Jungfrau Maria in einem himmelblauen, mit Gold durchwirkten Gewand. Umgeben von Engeln, stand sie mit erhobenen Händen auf einem Wolkenberg und richtete ihren Blick auf Gottvater, einen bärtigen Mann im blutroten Mantel. Hohe Stangen hielten ihn über dem Wagen, aber sie blieben unter der aufgespannten, rosa getönten Leinewand verborgen. So entstand der Eindruck, als schwebe Gottvater wahrhaftig über Maria. Die ganze Darstellung hatte gewiß viel Mühe gekostet, aber die Heilige Jungfrau Maria aus Holz, Leinewand und Papier erschien mir grobschlächtig wie eine Karnevalsfigur, ihr Gesicht einfältig wie das eines törichten Mädchens.

Das Beten der Knienden wurde lauter. Seufzer waren zu hören und Schluchzen.

Ich kann die besessene Anbetung eines Heiligenbildes nicht verstehen. Ich denke, den meisten kommt das nicht von Herzen. Sie tun nur so, um der Inquisition nicht verdächtig zu erscheinen. Als zwei Jahre vor diesem Zug lutherische Ketzer die Bilder verhöhnt hatten, waren zahllose in die Schmähungen eingefallen. Heute waren alle sehr andächtig. Können sich die Menschen wirklich so schnell ändern? Damals waren die Ketzer in die Kirchen gedrungen, hatten Altäre zerstört, Heiligenbilder verbrannt und die Klöster gestürmt. Onkel Arent hatte gesagt, sie täten das aus Zorn gegen die schändlichen Betrügereien und das Wohlleben der Geistlichen, die dem Herrgott die Tage stehlen und von unserer Arbeit leben würden.

Plötzlich übertönte eine schrille Frauenstimme den Chor der Gebete. „Mariechen, Mariechen, das ist dein letzter Spaziergang, die Stadt ist deiner müde." Vor mir stand hochaufgerichtet eine Frau. Ich erstarrte vor Schreck. Mariechen nennt man bei uns manchmal scherzhaft die Heilige Jungfrau. Kein Zweifel, das Weib verhöhnte die Heilige! Erregung packte mich. „Mariechen, die Stadt

11

ist deiner müde!" So hatten sie auch vor zwei Jahren gerufen, als sie das Bild der Heiligen Jungfrau vorübertrugen. Jetzt ging der Hexentanz also erneut los!

Aber ich hatte die Spanier vergessen. Niemand stimmte in den Ruf der Tolldreisten ein. Alle blieben auf den Knien und murmelten ihre Gebete weiter.

Ich drehte mich vorsichtig um. Zwei spanische Söldner drängten sich durch die Betenden. Einer stieß mich an. Mein Kopf schlug an Mutters Schulter. Die Spanier packten die Frau vor mir, rissen sie roh zu Boden und schleiften sie an den Knienden vorbei, die scheu zur Seite rutschten. Ein dritter Knecht sprang hinzu und schlug der Wehrlosen ins Gesicht. Sie blutete. Niemand half ihr.

Einer der Dominikaner im Festzug hob zornig die Faust. „Verfluchte Ketzerin!" Ich erkannte Pater Gregorius, den Beichtvater unserer Familie.

Die übrigen stimmten in den Ruf ein.

Der Spanier schlug die Frau noch immer.

Ihr Schreien versickerte, und neuer Gesang verschluckte ihr Wimmern.

Die Knienden blickten zu Boden. Fast wäre ich aufgesprungen, um der Frau zu helfen. Ich erschrak. Welcher Teufel beherrschte mich? Mein Leben für eine Ketzerin? Ein sündiger Gedanke! Ich fürchtete, er stünde in meinem Gesicht wie ein Feuermal.

Ich kniete tief nieder. Meine Stirn berührte fast den Straßenstaub. Jetzt kann niemand meine Gedanken lesen, hoffte ich. Aber werde ich Pater Gregorius nicht beichten müssen? In diesen Dingen war der ehrwürdige Bruder unnachsichtig und streng.

„Ein Mann muß schweigen können", sagt Onkel Arent. Ich habe schon manches gehört und gedacht und geschwiegen. Aber einfach ist das nicht.

Eine andere Gruppe von Mönchen löste die Dominikaner ab. Neue Prunkwagen rollten vorüber. Mir war die Freude an dem Gepränge vergangen.

Beim Mittagstisch stocherte ich lustlos in der Schüssel herum. Das Gespräch schleppte sich mühsam dahin. In letzter Zeit war Vater sehr wortkarg. Mutter schwärmte von der Pracht des Zuges und erwähnte das Fest auf dem Großen Markt am Nachmittag.
„Ich bin müde", sagte der Vater.
Nun wußte ich, daß auch Mutter nicht dorthin gehen würde und ich am Nachmittag tun konnte, was ich wollte.
„Ich möchte es ansehen", sagte ich schnell.
Vater nickte seine Erlaubnis. „Komm nicht zu spät zurück!"
Auf meinem Zimmer wechselte ich heimlich die Kleidung, nahm das Zeichenzeug und verließ das Haus durch die Hintertür.

Die Sonne stach heiß vom Himmel. Nur im Westen standen ein paar helle Wolken. Es war windstill und schwül, aber in meinem Leinenkittel fühlte ich mich wohl.
Natürlich ging ich nicht zum Großen Markt, sondern zum Hafen. Ich hoffte dort Mayken zu treffen. Mutter hätte ich das nie eingestanden. Ihr hätte ich gesagt, ich wolle die drei spanischen Galeonen ansehen, die gerade eingelaufen waren. Manchmal gibt es Umstände, die Ausreden einfach notwendig machen.
Gegen mich selbst bin ich ehrlich. Seit Tagen dachte ich an Mayken. In jedem Madonnenbild Meister Huchtenbroeks sah ich ihr Gesicht. Eine verflixte Sache! Ich wußte nicht, was mit mir los war. Eigentlich machte ich mir nichts aus Mädchen. Entweder spielten sie Kleinkinderspiele, oder sie steckten die Köpfe zusammen und kicherten und gackerten wie die beiden Gänse heute morgen. Mayken war anders, viel ernster. Vielleicht, weil sie Vater und Mutter verloren hatte und im „Schwarzen Drachen" wie eine Dienstmagd arbeiten mußte.
Während ich über Mayken nachdachte, war ich schon an der Burgkirche vorbei und trat durch das Tor auf den freien Platz vor der Werft.
Antwerpen ist eine richtige Hafenstadt. Onkel Arent sagt, bevor

Alba mit seinen Söldnern kam, liefen täglich über hundert Schiffe ein. Jetzt sind es weniger, weil viele Kaufleute das Land verlassen haben und die Spanier auf alle Waren Zölle erheben.

Die Kais dehnen sich über die ganze Länge unserer Stadt, aber nur hier an der Werft können die großen Schiffe festmachen. Ich schlenderte zur Schelde hinunter. An Werktagen ist hier viel Betrieb. Da knarrt der riesige neue Kran und hebt die schweren Lasten aus den Schiffsbäuchen. Schauerleute schleppen Ballen und Kisten zu den Lagerhäusern und Speichern. Matrosen aus aller Herren Länder lachen, singen, grölen, fluchen.

Heute war es still. Die spanischen Galeonen schaukelten leicht im Wasser. An Deck sah ich ein paar Schiffsknechte. Spanische Wachen standen am Ufer. Ich kam ihnen nicht zu nahe, schlug einen Bogen um den Kran und ging in Richtung Fischmarkt.

Auf einem Steg, der ins Wasser hinausführte, saß Sijmen, Tijs jüngerer Bruder, mit seiner Gitarre. Sijmen und seine Gitarre sind so unzertrennlich wie mein Zeichenzeug und ich. Ich zog die Sandalen aus, setzte mich neben ihn und ließ die Beine baumeln. Meine Fußsohlen berührten das Wasser. Sijmen sang mir ein Lied vor, das er von einem neapolitanischen Matrosen gehört hatte. Ich fürchte, der Neapolitaner hätte die Worte nicht wiedererkannt, aber eine hübsche Stimme hatte Sijmen. Nach dem Lied zeigte er mir stolz zwei neue Griffe und schwatzte über alles mögliche.

Sijmen war ein kleiner Kerl von elf Jahren. Sein Gerede langweilte mich natürlich, schließlich war ich schon drei Jahre älter, aber ich blieb sitzen, denn ich hoffte, Mayken hier zu treffen. Endlich erschien sie auf dem Steg und winkte uns zu.

Mayken ist schlank und fast so groß wie ich. Sie trug einen roten Rock und ein Mieder von der gleichen Farbe, sicher ihr Sonntagsstaat. Ihr blondes Haar fiel lose auf die leuchtend weiße Leinenbluse. Rock und Mieder waren verwaschen und an einigen Stellen geflickt. Trotzdem erschien sie mir wie eine Prinzessin.

Sie gab uns die Hand. Ich errötete bis unter die Haarwurzeln. Das sah sicher sehr komisch aus, denn ich habe das helle Haar meines Vaters, und mein Gesicht ist mit Sommersprossen gesprenkelt wie eine Frühlingswiese mit Blumen.

„Was macht ihr beide?" fragte Mayken und sah mich dabei an.

„Nichts", sagte ich und beugte mich über das Skizzenbuch. Ich hatte begonnen, die spanischen Galeonen und den Kran zu zeichnen. Mayken schielte mir über die Schultern. Natürlich hielt ich das Heft so, daß sie die Zeichnung gut sehen konnte.

„Schön", sagte sie anerkennend, „aber das Fischerboot hier vorn ist im Verhältnis zu den anderen Schiffen viel zu groß."

Sie hatte recht, doch ich mochte es nicht gern zugeben. „Das verstehst du nicht", sagte ich und murmelte noch etwas von räumlicher Perspektive. Perspektive klingt so gelehrt, und sie konnte sich gewiß nichts darunter vorstellen.

„Mag sein", sagte Mayken kühl. „Dafür habe ich Augen im Kopf."

Das imponierte mir. Mutter widersprach Vater nie. Sicher hätten wir uns gestritten, wenn Tijs nicht dazugekommen wäre.

Anscheinend hatte er keine Gelegenheit gefunden, sich von seinem Sonntagsstaat zu befreien. Er schwitzte in dem grünen Wams, aus dem ich im Vorjahr herausgewachsen war. Mutter gab Tante Griet immer meine abgelegten Sachen.

Tijs war kleiner als ich, aber kräftiger. Ich beneidete ihn, weil er nicht so dünn war wie ich und nicht so steif und linkisch wirkte. Das Wams saß ihm prall um die Brust, und die beiden oberen Haken ließen sich nicht schließen.

Aber nicht seine Kleidung fand unser Interesse, sondern die dunkel sprießenden Haarstoppeln auf seinem Kopf.

Tijs wußte das und drehte den Kopf nach allen Seiten. „Schon ganz schön nachgewachsen, nicht?"

Er hatte sich vier Wochen davor von dem Lehrjungen eines Barbiers den Schädel ratzekahl scheren lassen, weil ihm angeblich irgend jemand gesagt hatte, danach würden die Haare besonders dicht wachsen. Oder vielleicht auch nur, weil er gern im Mittelpunkt stand. Jedenfalls trug er danach keine Mütze. Tante Griet beklagte sich über seine Flausen und sagte, er habe trotz seiner vierzehn Jahre noch 'ne Menge Mücken im Kopf.

Ich hütete mich, ihr offen beizustimmen, und beschränkte mich darauf, das Nachwachsen der Haare zu beobachten.

„Laß mal sehn", sagte ich, drückte meinen Daumen auf den Kopf und maß die Stoppeln. „Eine halbe Daumenlänge!"

„Wolltest du nicht mal 'n Stachelschwein mit Mondgesicht malen, Geert? Dann brauchst du nicht erst in den Wald zu gehen", hänselte Mayken.

Wir lachten. Tijs öffnete noch zwei Haken von seinem Wams und bemühte sich, das Gespräch in andere Bahnen zu lenken.

Er warf einen flüchtigen Blick auf mein Skizzenbuch, kniff dann die Augen zusammen und sah zu den spanischen Galeonen hinüber.

„Wir setzen sie nachts in Brand", sagte er mit ruhiger Stimme, als wäre das die selbstverständlichste Sache der Welt.

Ich bekam einen gehörigen Schreck, beruhigte mich aber sogleich, denn Tijs hatte immer solche verrückten Ideen. Das konnte er unmöglich ernsthaft erwägen. Sicher sagte er es nur so, um sich großzutun. In ein paar Jahren wollte er zu den Seegeusen gehen.

Von ihnen erzählte man bei uns aufregende Geschichten. Die Seegeusen sind tollkühne Korsaren, die von ihren Schlupfwinkeln an der englischen und friesischen Küste mit schnellen, wendigen Schiffen die Spanier angreifen, ihre Kauffahrteischiffe kapern und ihnen Schaden zufügen. Vater sagte, es wären Piraten, aber Onkel Arent meinte, es seien tapfere Männer, die die Niederlande verlassen hätten, um für ihre Heimat zu kämpfen. Einer ihrer Kapitäne, der Graf von der Marck, habe sich geschworen, Bart und Nägel so lange wachsen zu lassen, bis er den Tod Egmonts und Hoorns an den Spaniern gerächt habe. Egmont und Hoorn waren zwei niederländische Adlige, die gegen die Spanier aufgetreten und von Alba wenige Wochen nach seinem Eintreffen in Brüssel hingerichtet worden waren. Natürlich fragte ich mich, woher Onkel Arent diese

Dinge wußte. Ich hegte Vermutungen, aber ich schwieg darüber — auch Vater gegenüber.

„Wie willst du die Galeonen in Brand stecken?" fragte Mayken. Sie war von Tijs' Vorschlag sichtlich beeindruckt.

„Wir stellen einen Brandsatz aus Pech, Schwefel und Petroleum her", erklärte Tijs. „Ich kenne einen Kerzenzieher, der versteht etwas davon und würde mir dabei helfen. In der Dunkelheit fahren wir mit dem Boot an die Spanier heran, und ich werfe die brennende Ladung in die Galeone.

„Die Schiffe sind bewacht", wandte ich ein. Außerdem bezweifelte ich, daß Tijs den Brandsatz auf die hohen Schiffe hätte schleudern können.

„Vielleicht ist es besser, wir schwimmen zu den Galeonen. Ein Boot wird leicht bemerkt."

„Und wie willst du den Brandsatz trockenhalten?"

Tijs ging darauf nicht ein. „Schwimmen wir hinüber und sehen wir uns die spanischen Nußschalen mal genauer an", schlug er vor.

Wir bestimmten eine Boje in der Nähe der Galeonen für ein Wettschwimmen und legten unsere Kleider ab.

„Fertig!" rief Sijmen. Auf sein Kommando sprangen wir ins Wasser. Ich gab mein Bestes. Vor Mayken wollte ich gut abschneiden, aber Tijs war viel schneller. Er hatte kräftige, trainierte Muskeln. Sein Vater nahm ihn schon zum Fischen mit, und auf dem Boot mußte er hart arbeiten.

Tijs wartete an der Boje auf mich. Er maß die Höhe der Bordwand. „Man müßte daran hochklettern."

Ein Schiffsknecht drohte uns vom Deck der Galeone.

Wir wendeten. Mit der Strömung schwamm es sich leichter, aber Tijs war lange vor mir am Bootssteg.

„Ich dachte, du schaffst es nicht, und wollte schon ins Wasser springen, um dich zu retten", spottete Mayken gutmütig, als ich mich keuchend am Steg hochzog.

Ich ärgerte mich, aber lange nicht so wie nach der anschließenden verflixten Bootsfahrt. Wäre ich doch nicht mitgefahren! Ich bin eine Landratte und weiß genau, daß ich die See nicht vertrage. Onkel Arent hatte mich schon einmal in seinem Kutter mit hinausgenommen. Zwei Tage sind wir unterwegs gewesen, und ich war die ganze Zeit seekrank.

Anscheinend hatte Tijs den Gedanken, die Galeonen in Brand zu setzen, aufgegeben. Jedenfalls schlug er die Bootsfahrt vor, nicht mit Onkel Arents Kutter, der war viel zu groß für uns. Von einer Fahrt hatten die Fischer ein Ruderboot mitgebracht. Sie hatten es ohne Besatzung vor Beveland auf glatter See treibend gesichtet. Tijs hatte zwei neue Planken eingezogen, einen Mast aus Lärchenholz aufgerichtet und betrachtete es seitdem als sein Eigentum.

Mayken und Sijmen waren von Tijs' Vorschlag begeistert.

Ich mißtraute dem Boot und befürchtete, mir würde wieder schlecht werden. Außerdem sah es nach Gewitter aus.

Tatsächlich hatten sich die hellen Wolken im Westen zu einer dunklen Wand verdichtet.

Tijs feuchtete den Zeigefinger an, hielt ihn in die Luft und verkündete: „Das kommt nicht hierher." Er schickte seinen Bruder nach Hause, er sollte etwas zu essen holen.

Wir warteten am Boot auf ihn. Sijmen brachte geräucherten Fisch und Brot. Ich zögerte einzusteigen, aber der Wunsch, in Maykens Nähe zu sein, war stärker als meine Angst.

Zuerst ging alles gut. Tijs setzte das Segel. Ich bediente nach seinem Kommando die Ruderpinne. Sijmen spielte Gitarre, und Mayken versuchte sich an den Rudern, aber das war nicht nötig, denn wir segelten vor dem Wind, und die Strömung trieb uns rasch hinaus.

In Antwerpen liegen die beiden Ufer der Schelde kaum hundertfünfzig Fuß voneinander entfernt, aber bei Fort Lille ist der Fluß schon doppelt so breit. Fort Lille am rechten und Fort Liefkenshoek am linken Ufer sind von den Spaniern besetzt und starren vor Kanonen. Bei klarem Wetter können die Spanier hier alle Schiffe kontrollieren, aber bei Nebel und nachts ist das schwer möglich. Um uns kümmerte sich niemand. Wir kauten Fisch und Brot. Tijs erzählte abenteuerliche Geschichten von einem Gespensterschiff. Mir lief es kalt den Rücken hinunter. Hinter Fort Liefkenshoek wird die Schelde immer breiter und weitet sich schließlich zu einem richtigen See. Man kommt sich vor wie auf dem Meer. Unser Boot schaukelte leicht, und schon war mir flau im Magen, und Schweißtropfen traten auf die Stirn. Ich hörte auf zu kauen und hielt krampfhaft die Ruderpinne fest.

Dann drehte der Wind und frischte auf. Die Wolkenwand rückte näher, aber Tijs wollte nicht umkehren. Er zog an den Seilen, um das Segel in eine Stellung zu bringen, in der es den Wind am besten nutzte. Die Wellen schlugen höher. Natürlich nicht so hoch wie auf offener See. Aber mir wurde schlecht.

Der Sturm brach plötzlich los. Böen fegten über das Wasser. Tijs strich sofort das Segel und rief mir etwas zu. Eine Welle schlug über das Boot und nahm mein Zeichenzeug mit.

Wie wir zurückgekommen sind, weiß ich nicht mehr so richtig. Ich weiß nur, daß ich wenig dazu tat und vor Angst fast gestorben wäre. Mayken löste mich am Steuerruder ab, weil ich alles verkehrt machte.

Ich setzte mich neben Sijmen auf den Boden und schöpfte mit einem Holzgefäß mechanisch das eingedrungene Wasser.

„Schneller!" schrie Tijs, aber nur Sijmen folgte seinem Befehl.

Ich fühlte mich hundeelend und mußte mich übergeben. Ich schwor bei allen Heiligen, nie mehr mit einem Boot zu fahren.

Beim Abschied, als alles vorüber war und wir wieder festen Boden unter den Füßen hatten, schenkte mir Mayken ein mitleidiges Lächeln. Ich glaube, das war das Schlimmste, was mir an diesem Tag passierte. Und ich schwor, Mayken nie wiedersehen zu wollen und auch Tijs nicht, und überhaupt wollte ich nicht mehr zum Hafen gehen.

Aber ihr wißt ja selbst, solch ein Schwur hält nicht lange vor.

Am nächsten Morgen verließ ich früher als sonst unser Haus. Meister Huchtenbroeks Werkstatt liegt nur wenige Gassen von der Goudsmidstraat entfernt. Im Sommer begannen wir mit der Arbeit, sobald genug Licht durch die hohen Fenster fiel, und nur im Winter arbeiteten wir manchmal bei Kerzenlicht. Im August werden die Tage schon kürzer, jedenfalls war es noch nicht hell genug, und ich brauchte mich nicht zu beeilen.

Ich schlenderte durch die Stadt und nahm einen kleinen Umweg über den Roßmarkt. Hier riecht es nach Heu und Mist, und man kommt sich vor wie auf dem Dorfe. Pferde wiehern, Ochsen brummen, Gänse schnattern, aber am lautesten und lebhaftesten gebärden sich die Menschen. Ich liebe Tiere, und es macht mir auch Spaß, beim Viehhandel zuzusehen. Ich blieb bei einem kahlköpfigen Roßhändler stehen, der einem Bierkutscher eine dünne Mähre aufschwatzen wollte. „Ein bißchen mager, dafür laß ich im Preis nach. Wenn du sie gut fütterst, wirst du staunen, was sie leistet."

Der Bierkutscher beklopfte das Tier und sah ihm ins Maul.

Ich war schon öfter auf dem Roßmarkt gewesen und bildete mir ein, etwas von Pferden zu verstehen. „Der Klepper kann sich grad so auf den Beinen halten. Wenn er einen Wagen voller Bierfässer ziehen soll, braucht ihr noch ein halbes Dutzend Männer, die hinten schieben", rief ich dazwischen.

Der Bierkutscher lächelte mir freundlich zu, aber der Händler schrie wütend: „Scher dich weg, dummer Bengel!"

Ich entfernte mich ohne Eile und blieb bei einer anderen Gruppe stehen. Ich hätte mich nicht so lange auf dem Markt aufhalten sollen. Plötzlich tauchten auf der Südseite spanische Reiter auf, und ein großes Geschrei brach los. Alles lief durcheinander. Die Spanier hatten den Markt abgeriegelt. Eine Gruppe Fußknechte trieb Frauen und Kinder auf die eine, alle Männer auf die andere Seite. Ein Knecht musterte mich, zögerte einen Moment und schickte mich zu den Männern.

Weiber und Kinder wurden entlassen. Uns trieb man mit vielen

Ajos! und Carajos! wie eine Viehherde zur Zitadelle am Stadtrand. Herzog Alba hatte ihren Bau befohlen. Angeblich sollte die Befestigung dem Schutz Antwerpens dienen. In Wirklichkeit ist sie eine Zwingburg, von der aus die Spanier die Stadt beherrschen. Von den drei schon vollendeten Türmen waren zwei der Stadt und einer dem Wasser zugekehrt. An den Bastionen, die ins Land weisen, wurde noch gearbeitet.

Die Spanier brachten uns über die Zugbrücke in den Burghof.

„Wollen sie uns einkerkern?" fragte ein Bauer ängstlich.

„Wir werden für sie schuften müssen", meinte ein anderer.

So war es auch. Auf dem Burgplatz teilten uns die Spanier in kleinere Gruppen und übergaben jede einem Aufseher.

Unserer hielt eine Lederpeitsche in der Hand und sollte auch Gebrauch davon machen.

Wir schachteten einen der Burggräben aus. Ich stand bis zum Bauchnabel im Wasser. Es war eine elende Plackerei! Der Aufseher gönnte uns keine Pause. In meiner Nähe keuchte ein dicker, alter Mann vor Anstrengung. Schweißperlen glänzten auf seinem Schädel. Er schnaufte wie ein Pferd nach einem schnellen Lauf. Er arbeitete immer langsamer. Nach einiger Zeit stützte er sich auf seine Schaufel. „Ich kann nicht mehr."

„Mach weiter!" raunte ich ihm zu.

Er hörte nicht.

Da klatschte auch schon die Peitsche auf ihn herab. Es klang, als schlüge ein Waschweib ihr Leinen auf einen blanken Stein in der Schelde. Der zweite Hieb zerriß ihm das Hemd. Das Ende einer Lederschnur traf mein Gesicht. Ich spürte einen brennenden Schmerz. „Macht weiter!" schrie ich, aber der Mann verharrte wie ein Standbild.

„Hunde, verfluchte Hunde!" zischte er.

Wieder und wieder hob der Aufseher die Peitsche. Der Alte wankte, dann fiel er in die Knie und sackte vornüber.

Ich sprang hinzu und riß ihn an den Schultern hoch, damit er nicht

21

ertrank. Ein anderer kam zu Hilfe. Wir schleiften den Bewußtlosen auf den Rand des Grabens. Dort traktierte ihn der Aufseher mit Fußtritten. Uns trieb er zur Arbeit zurück.

Wir schufteten den ganzen Tag lang fast ohne Unterbrechung. Erst nach Sonnenuntergang ließen sie uns laufen.

Ich schleppte mich nach Hause. Beim Abendessen fielen mir fast die Augen zu, aber als ich erzählte, was ich erlebt hatte, wurde ich wieder munter. „Die Spanier und ihre Knechte sind wahre Teufel. Sie machen mit uns, was sie wollen", klagte ich und wies auf den roten Striemen in meinem Gesicht.

Die Mutter bekreuzigte sich.

Vaters Gesicht war fahl, und seine Augenlider zuckten heftig. Dieses merkwürdige Zucken hatte sich nach seiner Krankheit im letzten Jahr eingestellt. Ich konnte daran den Grad seiner Erregung ablesen, selbst wenn er sich ganz ruhig gab.

„Der Junge ist übermüdet und weiß nicht, was er spricht", erklärte Vater hastig dem Gesellen.

Dann redete er von der göttlichen Weisheit des spanischen Königs und von der tiefen Sorge um das Seelenheil seiner Untertanen. Er verteidigte die spanischen Söldner und nannte sie Werkzeuge einer höheren Gerechtigkeit.

Das Bild des blutüberströmten alten Mannes stand vor meinen Augen.

„Wir brauchen die Zitadelle zu unserem Schutz und müssen Opfer bringen", sagte Vater.

In diesem Moment wäre es mir lieber gewesen, Onkel Arent hätte an seiner Stelle gesessen. Der Onkel hätte den Spaniern Pech und Schwefel aufs Haupt gewünscht. Onkel Arent machte im Kreise der Familie kaum Hehl aus seinem Haß auf Herzog Alba und seine Söldner. Mit Vater geriet er darüber oft in Streit. Nach meiner Geschichte hätte der Onkel sicher ein paar lästerliche Flüche ausgestoßen. Das wäre in meiner Stimmung besser gewesen als Vaters beschwichtigende Reden.

Vater sprach weiter, und allmählich wurde ich ruhiger. Vielleicht hatte er recht. Mir kamen Zweifel. Vielleicht war es das beste, sich zu ducken, nicht aufzumucken, gefügig zu sein. Man lebte nur einmal. Trotzige Männer wie Onkel Arent können sich in diesen Zeiten um Kopf und Kragen bringen. Vater paßte sich an. Er besuchte eifrig die Messe und beichtete Pater Gregorius regelmäßig. Auf Bitte des Paters hatte er eine hohe Summe für den Marienaltar der Dominikanerkapelle gespendet, an dem wir in Huchtenbroeks Werkstatt arbeiteten. Gewiß war Vater bei den Dominikanern gut angeschrieben und auch bei den Spaniern. Er fertigte für hohe Offiziere Geschmeide, Ringe und kostbare Rosenkränze. Er verkaufte sie ihnen billig. Der Kommandant der Zitadelle, so erzählte der Vater, hatte ihn gelobt. Vielleicht könnte er eines Tages noch königlicher Hofjuwelier werden. Und sicher würde uns die Inquisition verschonen.

Die Müdigkeit kehrte zurück, und ich konnte die Augen nicht mehr offenhalten. Der Vater oder der Geselle muß mich in meine Kammer getragen haben. Jedenfalls wachte ich in meinem Bett auf, und es war heller Tag. Beim Ankleiden schmerzten Arme und Schultern. Ich hatte große Blasen an den Handflächen und konnte mich kaum bücken.

In die Werkstatt kam ich viel zu spät.

Zum Glück war Huchtenbroek noch nicht da. In seiner Abwesenheit führte Caspar Franck die Aufsicht.

„Weshalb kommst du erst jetzt, und wo bist du gestern gewesen?" fragte er streng.

Ich erzählte und kam mir sehr wichtig vor, denn alle waren um mich herum: der lange Maarten und Norbert Broederlam, die beiden anderen Gesellen, Pieter, unser zweiter Lehrjunge, und der alte Melchior, der Tafeln und glattgehobelte Rahmen zimmerte und allerhand Schreinerarbeiten für Huchtenbroek verrichtete.

Ich zeigte meine Blasen, aber ich hütete mich, über die Spanier zu schimpfen oder auch nur zu klagen. Vor Caspar hätte ich es tun können, er brummte manchmal so ähnliche Dinge vor sich hin, wie ich sie bei Onkel Arent schon gehört hatte. Aber Norbert Broederlam mißtraute ich. Ich weiß selbst nicht genau, warum. Sicher nicht nur, weil mir seine äußere Erscheinung mißfiel. Er war schmalbrüstig und hochgewachsen und ging immer ein wenig geduckt. Sein Haar trug er in sorgsam gedrehten Locken, und er sprach stets mit salbungsvoller Stimme. Er konnte niemandem ins Gesicht sehen, aber mir schien es, als hielte er Augen und Ohren offen. Wenn Caspar mit dem langen Maarten ein paar leise Worte wechselte, machte er sich in ihrer Nähe zu schaffen. Nach jedem Besuch von Pater Gregorius führte er ein langes Gespräch mit dem Dominikaner, und wir rätselten, worüber sie sich unterhielten.

Caspar schickte alle wieder an die Arbeit. „Versieh drei Tafeln mit weißem Malgrund." Er sprach jetzt sehr freundlich mit mir.

Ich mischte Leimwasser mit Gips und Zinkweiß, holte die Tafeln aus rohem Lindenholz vom alten Melchior und überzog mit der nassen Masse gleichmäßig und dünn das Holz. Dann schaffte ich die Tafeln in den Nebenraum zum Trocknen.

Als ich zurückkam, stand Caspar vor Maartens Staffelei und betrachtete die Umrisse für „Maria im Tempel" auf dessen Tafel. „Schön", sagte er und lächelte bitter. „Genauso schön wie das Dutzend vorher. Huchtenbroek wird's gefallen, aber mit Kunst hat es wenig zu tun."

Norbert Broederlam hob den Kopf.

Caspar fing seinen Blick auf, und der Hafer stach ihn. „Ja, hör nur gut zu, Norbert. Ich sag's laut und deutlich. Für Huchtenbroek sind wir nichts weiter als ein paar Handwerker, die ihm dutzendweise Marienbilder malen. Die es mit der Malerei ernst meinen, sind längst aus Antwerpen weg, und ihre Bilder verstauben in den Abstellkammern des Schilderpands."

Norbert nahm die Herausforderung an. „Mit jedem Madonnenbild ehren wir die Heilige Jungfrau und den Herrn und tun ein gutes Werk", predigte er. „Und sollte ich auch tausendmal die Heilige

Jungfrau in ihrer süßen, träumerischen Herrlichkeit malen, mir würde es nie zuviel. Warum gehst du nicht zu denen, die es nach deinem wirren Kopf mit der Malerei ernst meinen?"

Ich hörte den lauernden Unterton in Norberts Stimme. War ich schon über Caspars Reden erschrocken, so wurde mir jetzt ordentlich bange. Sicher würde ihm Caspar den „wirren Kopf" heimzahlen und sich zu Unbedachtsamkeiten hinreißen lassen.

Aber Caspar hatte sich besonnen. „Du weißt, daß Herzog Albas Gesetz ein Verlassen der Niederlande verbietet", sagte er beherrscht. „Traust du mir zu, daß ich gegen dieses Gebot verstoße?"

Norbert zuckte mit den Schultern und schwieg.

Caspar gab Maarten Anweisung, die Umrisse für die „Marienkrönung" auf die nächste Tafel zu zeichnen. Ich sollte bei „Maria im Tempel" die Lokalfarben auftragen.

Ich weiß nicht, ob die Farbe von Marias Mantel überliefert ist. Auf Tafeln anderer Meister habe ich sie mit einem dunklen oder weißen, meist aber mit einem leuchtend blauen Obergewand gesehen. Die Maria aus Huchtenbroeks Werkstatt trug stets einen roten Mantel.

Ich schüttete also ein Häufchen roten Erdocker auf den Reibstein und wünschte wieder einmal sehnsüchtig die Zeit herbei, in der Krämer fertige Farben feilbieten würden. Wir bereiteten die meisten Farben selbst. Im ersten Lehrjahr mußte ich bis zum Überdruß Farbe anreiben. Es war mir verleidet, aber ich besaß jetzt eine gute Fertigkeit darin.

Als die Korngröße fein genug war, setzte ich dem Pulver die richtige Menge Leinöl zu. Ich verspachtelte beides gerade zu einer streichfähigen Paste, als Meister Huchtenbroek zusammen mit Pater Gregorius die Werkstatt betrat.

Leuchtende Farben kommen neben dunklen zur Geltung, und der Riese Goliath wirkt erdrückend und furchterregend, weil ihm der kleine David gegenübersteht. Wie dick Huchtenbroek war, kam mir so recht zu Bewußtsein, als er an der Seite des langschädligen Pater

Gregorius hereinstapfte, um dessen dürre Gestalt die Mönchskutte schlotterte wie das Flickengewand einer Vogelscheuche auf einem Kornfeld.

An Huchtenbroeks Gang merkte ich, daß er getrunken hatte. In den letzten Wochen war der Meister selten vor Mittag in die Werkstatt gekommen, und er hatte immer nach Branntwein gerochen. Meist polterte er herum, nannte uns eine faule Gesellschaft und war mit nichts zufrieden.

Heute gab er sich leutselig. An meinem Platz blieb er stehen, prüfte die Farbe und klopfte mir väterlich auf die Schulter.

Ich beugte mich vor Pater Gregorius.

Der Dominikaner legte mir flüchtig die Hand auf den Kopf und ging weiter. Er begutachtete die fertigen Altartafeln, schaute dem langen Maarten über die Achsel und dann Norbert und äußerte sich zufrieden. „Die elenden Bilderstürmer haben den Altar zerstört. Nun wird er dank Eurer Tüchtigkeit und Gottes Hilfe herrlicher denn je erstehen, Meister Jan."

Huchtenbroek grinste geschmeichelt.

„Laßt auch Ihr sehen, Caspar Franck", sagte Gregorius und trat hinter den ältesten Gesellen.

„Es ist noch nicht fertig, ehrwürdiger Bruder." Caspar verdeckte mit seinem breiten Rücken das Bild.

Ich konnte mich erinnern, daß er den ganzen Vormittag niemanden an seine Staffelei herangelassen hatte.

Der Pater bestand auf seinem Wunsch.

Zögernd gab Caspar das Bild frei.

Der Dominikaner trat einen Schritt darauf zu und dann wieder einen zurück. Er kniff wie ein Kurzsichtiger die Augen zusammen und blieb eine Weile wortlos. Ich sah, wie ihm die Röte ins Gesicht stieg. „Die Tafel fügt sich nicht in den Altar, Caspar Franck. Ihr habt Maria nicht als verehrungswürdige Himmelskönigin dargestellt. Euer Bild zeigt ein ganz gewöhnliches Weib", sagte er giftig.

Nun waren wir alle um Caspars Tafel „Maria mit dem Kind"

herum. Augenblicklich verstand ich den Zorn des Paters. Auf allen Marienbildern aus Huchtenbroeks Werkstatt hatte die Heilige Jungfrau das gleiche runde, zufriedene, süßlich lächelnde und ein wenig hoheitsvolle Gesicht. Von diesem Bild blickte mir ein leidendes Weib mit ausgemergelten Zügen und tränenden Augen entgegen, das ihr Kind ängstlich an sich drückte. Nur der Engel im Hintergrund und der Glorienschein um ihr Haupt verrieten ein Heiligenbild.

„Was sollen die Gläubigen auf diesem Bild anbeten? Soll ihnen etwa die Trauernde Trost und Erquickung spenden?" fuhr Gregorius fort.

„Seht Euch doch in unserem Land um, Pater. Findet Ihr zufriedene Gesichter? Wie viele hungern! Die Weiber haben Angst um das Leben ihrer Männer und ihrer Kinder. Die wahrhaft großen Maler haben der Heiligen Jungfrau stets menschliche Züge gegeben und sie in die Zeit gestellt."

„Ei, ei, Geselle, so rechnet Ihr Euch wohl gar zu den großen Malern", spottete Gregorius und fuhr wütend fort: „Die einzig rechtmäßige Kirche wünscht zufriedene Gesichter, Geselle. Unzufriedenheit führt zu Auflehnung und Ketzerei. Am Altar sollen die Gläubigen Ruhe und Glückseligkeit finden. Ihr aber malt Qual und Schmerz und Unruhe."

„Der Künstler muß die Wahrheit suchen, Pater, und niemand hat das Recht, zu verhindern, daß er sie darstellt."

Hätte er doch geschwiegen! Solche Sätze sagt man in diesen Zeiten nicht ungestraft zu einem Dominikaner, sie können das Todesurteil bedeuten.

Gregorius fiel mit einem wütenden Wortschwall über Caspar her und stieß beim Verlassen der Werkstatt unbestimmte Drohungen aus.

Mir war bang um Caspar. Muß ich erklären, was er mir bedeutete?

Offen gesagt, ohne ihn hätte ich in dieser Werkstatt kaum mehr gelernt, als Farben zu verreiben und Tafeln zu grundieren. Huchtenbroek beschäftigte sich nicht viel mit mir. Der lange Maarten war ein langsamer Arbeiter, Norbert bestenfalls gut im Kopieren. Beide hatten genug mit sich selbst zu tun. Caspar war der talentierteste von allen und gab stets sein Wissen und Können weiter. Vom ersten Tag an hatte er mein Auge und meine Hand geschult, hatte mich beobachten gelehrt und den Stift zu führen. Er war ein geduldiger Lehrer, der eher durch Lob als durch Tadel anregte. Ich liebte ihn darum und überlegte, wie ich ihm helfen könnte.

Ich beschloß, mit Vater zu sprechen.

Die Gelegenheit ergab sich noch am gleichen Abend, als er mir einen Prunkpokal für den Festungskommandanten zeigte.

Ich lobte die Ornamente und merkte, daß Vater mit seinem Werk zufrieden war. Ich hatte eine der wenigen Stunden getroffen, in denen er, glücklich über den Abschluß einer Arbeit, Zeit für mich hatte.

Ich erzählte von der Auseinandersetzung in der Werkstatt, erklärte ihm meine Sorge um Caspars Leben und fragte dann geradeheraus, ob er nicht mit Pater Gregorius wegen Caspar sprechen könne.

„Du hast Geld für den Marienaltar gegeben und obendrein einen Abendmahlskelch gespendet. Vielleicht würde er auf dich hören." Ich sprudelte alles heraus, was ich mir zu Caspars Gunsten zurechtgelegt hatte.

„Du solltest dieses Marienbild sehen, Vater. Es ist das beste, was je in Huchtenbroeks Werkstatt gemalt worden ist. Pater Gregorius hat es gewiß mißverstanden. Warum soll der Künstler das Leid nicht darstellen? Caspar wird bestimmt ein großer Maler. Eines Tages werde ich stolz sein, sagen zu können, daß ich bei ihm in die Schule gegangen bin."

In meiner Sorge, Vater nicht überzeugt zu haben, setzte ich schließlich hinzu: „Caspar ist manchmal etwas voreilig mit der Zunge, aber ein Ketzer ist er gewiß nicht."

„Bist du dessen ganz sicher?"

Sicher war ich mir nicht, im Gegenteil. Hatte nicht Caspars

Verhalten, ab und an eine bissige Bemerkung über Pater Gregorius oder die Spanier, ein spöttisches Wort über Norberts Liebedienerei und was ähnliche kleine Zeichen mehr sind, in mir den leisen Verdacht erweckt, Caspar könne mit den Ketzern und Gegnern der Spanier in der Stadt in Verbindung stehen? Ich durfte weder diese Vermutung äußern, noch wollte ich Vater belügen. Darum vermied ich eine klare Antwort und redete darum herum.

Vater bemerkte es natürlich. „Du kannst also für diesen Caspar nicht die Hand ins Feuer legen, und ich soll mich bei Pater Gregorius für ihn verwenden", sagte er heftig, bereute aber sogleich seine Schroffheit und legte den Arm um meine Schulter, bei Vater eine seltene Geste. Dann bemühte er sich um einen freundschaftlichen Ton. „Dein Caspar meinte die Wahrheit darzustellen, als er die Heilige Jungfrau als irdisches Weib abbildete. Wahrscheinlich hat er diese Frau irgendwo gesehen. Eine Unglückliche! Kann aber denn, wer im Besitz des alleinseligmachenden Glaubens ist, unglücklich sein? War jene Frau nicht vielmehr nur unglücklich, weil sie nicht im Glauben fest, mithin eine Ketzerin war? Eine Ketzerin als Heilige Jungfrau! Sicher hat es Pater Gregorius so empfunden, und darüber war er zornig."

„Ich verstehe dich nicht", sagte ich.

Vater lächelte weise. „Ich will auch nur sagen, daß die einzige große Wahrheit der rechtmäßige Glaube ist. Ihm muß sich alles unterordnen. Unsere Kirche hütet diesen Glauben. Daher muß der Künstler der Kirche dienen. Dein Caspar hat das wohl nicht verstanden. Man wird ihn auf den rechten Weg führen, wie immer dieser Weg aussehen mag."

„Und wenn er auf dem Scheiterhaufen endet", ergänzte ich bitter.

„Du mußt Vertrauen zu Pater Gregorius und der Kirche haben. Die Kirche wird das Richtige tun."

In meinem Gesicht stand der Zweifel wohl deutlich geschrieben. Vater sah es, aber er wurde nicht böse. Seine Stimme gewann im Gegenteil an Wärme, und er zog mich an sich, als sei ich vier Jahre und nicht vierzehn. „Du bist noch jung, Geert. Du willst etwas erreichen im Leben. Eines Tages wirst du in Antwerpen Meister werden, ein Haus haben, eine Familie gründen. Alles liegt vor dir. Sei klug und verbau dir deine Zukunft nicht. Heutzutage kann ein unbedachtes Wort zum Scheiterhaufen führen."

Vater war mir auf einmal sehr nah. Noch nie hatte er seine Liebe zu mir und seine Besorgnis so deutlich gezeigt.

„Glaub nicht, ich sei ein einfältiger Narr und habe keine Augen im Kopf, Junge. Natürlich verstehe ich, daß viele unzufrieden mit der Strenge des königlichen Statthalters sind. Aber alle Obrigkeit ist von Gott, und niemand hat das Recht, sich gegen sie aufzulehnen. Wir können nur auf Besserung hoffen, und sicher ist das nicht vergebens. Auch ohne unser Zutun folgt dem harten Winter ein milder Frühling. König Philipp wird bald erkennen, daß er durch Milde bei seinen getreuen Niederländern mehr als durch Strenge erreichen kann. Rebellion würde alles nur verschlimmern. Halte dich von den Unzufriedenen und den geheimen Empörern fern, Geert. Vielleicht solltest du den Umgang mit Caspar meiden. Wenn du meinst, bei Huchtenbroek nichts zu lernen, könnte ich mich nach einem anderen Meister für dich umsehen."

So lange und eindringlich hatte Vater noch nie mit mir gesprochen. Seine Worte beeindruckten mich sehr. Sie kamen ihm von Herzen, und er wollte das Beste für mich. „Du bist ängstlich", hatte Onkel Arent einmal zu Vater gesagt. War mein Vater nicht vielmehr sehr lebensklug?

Aber die Angst um Caspar blieb. „Kannst du nicht doch mit Pater Gregorius reden?" bat ich noch einmal.

Vater schüttelte den Kopf. „Es geht nicht, Geert. Es tut mir leid."

Ich überlegte, mit wem ich noch sprechen könnte. Es kam nur jemand in Frage, der nicht so wie der Vater war. Ich kannte nur einen: Onkel Arent.

„Dein Vater kann nicht über seinen Schatten springen, Junge", sagte der Fischer, als ich ihm alles erzählt hatte. „Er hat Angst, sein

Haus und sein Vermögen zu verlieren. Und dieser Caspar Franck scheint sehr unvorsichtig zu sein", meinte er. „Das Leben eines jeden von uns ist in diesen Zeiten nicht viele Stüber wert. Ich werde mit ihm sprechen. Wenn tatsächlich Gefahr für ihn besteht, muß er verschwinden."

Ich wunderte mich, daß der Onkel Caspar Franck kannte.

Darüber, daß Vater und Onkel Arent sich entzweiten, wunderte ich mich nicht. Ich hatte es kommen sehen. Über die Spanier waren sie verschiedener Ansicht und über Wilhelm von Oranien, über Luther und den Papst und weiß der Himmel, worüber noch. Zwischen ihnen hatte sich genug Zündstoff angesammelt. Der Funke war eine Bemerkung über das Wetter. Darüber könne man immer und mit jedem sprechen, sagen die Leute, aber es stimmt nicht.

Die Familie meines Onkels besuchte uns also am letzten Augustsonntag. Wir saßen in unserem Gärtchen, tranken Tee und schwitzten. Seit Wochen wölbte sich der Himmel klar und blau über der Scheldemündung. Reglose Festlandluft drückte auf die Stadt.

„Eine Hitze wie in Madrid", brummte Onkel Arent. „Nun schickt uns der spanische König nach seinen verfluchten Söldnern auch noch sein unerträgliches spanisches Wetter."

Ich zweifelte, daß Onkel Arent je Madrid gesehen hat. Als Seemann war er viel herumgekommen, aber Spaniens Hauptstadt liegt nicht am Meer.

Vater wurde böse. Er dulde nicht, daß in seinem Hause unser allergnädigster Herr und König beschimpft werde.

Nun wurde auch Onkel Arent heftig. „Früher hast du anders geredet, Rupert Gansfoort. Hast du Angst um dein bißchen Geld und dein Haus? Mir ist zu Ohren gekommen, wie du im Rat auftrittst. Du leckst den Spaniern die Stiefel und krümmst vor ihnen den Rücken. Gib acht, daß du's nicht eines Tages bereust. Wer die

Spanier verteidigt und ihr Freund ist, ist Feind der Niederländer."
Vaters Augenlider zuckten heftig, und seine Hände zitterten. Ich fürchtete, ein neuer Schlagfluß könnte ihn treffen. „Halt deine Zunge wenigstens vor den Kindern im Zaum, Arent!"
„Sie sind alt genug und sollen es ruhig hören. Unter Verwandten werd ich das Maul wohl noch aufreißen können."
Nun gab ein Wort das andere, und am Ende liefen Vater und Onkel Arent auseinander, ohne sich die Hand zu reichen.

Mir verbot Vater, den Onkel jemals wieder zu besuchen, überhaupt sollte ich die Hafengegend meiden.

Ich nickte. Ich hatte mir tatsächlich vorgenommen, nicht wieder zum Hafen zu gehen, und dann ging ich doch hin.

Es war an dem Tag, als wir den Altar für die Kapelle vollendet hatten. Huchtenbroek spendierte eine Kanne Wein, und ich durfte einen ganzen Becher voll trinken. Später sollte ich erfahren, daß Wein besonnene Männer zu Toren, feige Gesellen kühn und kühne Männer zu Maulhelden machen kann. An diesem Nachmittag wurde mir nach dem einem Becher seltsam leicht zumute. Ich dachte immerfort an Mayken und nicht mehr an das Verbot des Vaters.

Huchtenbroek gab uns frei, und ich verließ die Werkstatt früher als gewöhnlich. Die Sonne brannte noch auf die Häuser. Die Gasse an der Burgkirche war fast menschenleer. Nur an der Mauer neben dem Tor, das zur Werft hinausführte, stand ein Mann in einem dunklen Umhang. Ich ging langsamer und dachte, daß es ungehörig sei, am hellichten Tage an dieser Stelle sein Wasser abzuschlagen.

Nach kurzer Zeit verschwand der Mann eilig durch das Tor. An der Mauer klebte ein Zettel, und ich hätte zehn Stüber wetten mögen, daß er sich vorher noch nicht dort befunden hatte.

Ich ging näher. Die roten, großgedruckten Lettern der Überschrift leuchteten mir entgegen.

„WIR VON GOTTES GNADEN PRINZ VON ORANIEN ALLEN TREUEN NIEDERLÄNDERN UNSEREN GRUSS."

Ich stockte, und mein Herz schlug schneller. Wilhelm von Oranien, der Ketzer, der Verfemte, der Verfolgte! Was hatte er mitzuteilen? Die Druckerschwärze war noch frisch. Ich blieb stehen, und ich glaube, meine Augen wurden immer größer.

„Wenigen ist unbekannt, daß die Spanier seit langem das Land nach ihrer Willkür beherrschen wollten. Die Güte König Philipps hintergehend, haben ihn seine Ratgeber überredet, die Einführung der Inquisition in den Niederlanden zu befehlen. Sie wußten wohl, lassen sich die Niederländer die Inquisition gefallen, gehen sie ihrer Freiheit verlustig, widersetzten sie sich ihr, hätte Spanien einen Vorwand, alle Reichtümer der niederländischen Provinzen zu plündern.

Wir hatten gehofft, König Philipp werde sich der Sache annehmen und seine Erblande vor dem drohenden Ruin bewahren. Unsere Hoffnungen haben sich als töricht erwiesen. Wir können den Mordtaten und Räubereien, der Unterdrückung und Peinigung nicht länger untätig zusehen."

Es war mir klar, daß es sich um einen verbotenen Anschlag handelte, aber ich konnte meine Augen nicht von dem Zettel lösen.

„Wir sind überdies sicher, daß Seine Majestät schlecht über die niederländische Angelegenheit unterrichtet ist. Deshalb haben wir die Waffen ergriffen, um die gewaltige Tyrannei der Spanier zu bekämpfen. Freudig entschlossen, wie wir sind, unser Leben und alle unsere weltlichen Güter an diese Sache zu wagen, haben wir jetzt eine vortreffliche Armee von Reiterei, Fußvolk und Artillerie aufgestellt. Wir fordern alle Niederländer auf, uns zu unterstützen. Nur wenn es uns gelungen sein wird, Albas Blutdurst zu überwältigen, können die niederländischen Provinzen hoffen, aufs neue zu einem glücklichen Zustand ihrer Angelegenheiten zu gelangen."

Jemand stieß mich in den Rücken.

Ich blickte mich um. Ein halbes Dutzend Männer drängte sich um den Anschlag. Plötzlich wurde mir die Gefahr bewußt, in der ich schwebte. Ich war der erste bei dem Zettel gewesen. Wie leicht konnte man mich beschuldigen, ich habe ihn auch angeklebt.

Ich schob mich zur Seite und entfernte mich von der Gruppe. Ich ging nicht durchs Burgkirchentor, sondern den Weg entlang, der links daran vorbeiführt.

„Wache!" schrie einer von denen, die zuletzt gekommen waren. In Windeseile zerstreuten sich die Menschen.

Ich vermeinte die schweren Schritte spanischer Knechte zu hören und lief schneller. Im Getriebe des Fischmarktes tauchte ich unter, aber in meiner Angst achtete ich nicht auf den Weg und stieß an den Schragen einer Fischhändlerin. Ein paar frischgeschlachtete Dorsche und Flundern klatschten auf das Katzenkopfpflaster.

Das Weib drohte und zeterte.

Ich prallte mit einer Magd zusammen.

„Paß doch auf, Junge!"

Ich war verstört und vergaß, mich zu entschuldigen. Es stimmte also, was Gerüchte seit langem flüsterten: Oranien sammelte eine Armee. Die Herrschaft der Spanier würde nicht ewig dauern. Ich dachte an Jan, und mir kam der Gedanke, auch zu den Freiheitskämpfern zu gehen. Würden sie mich trotz meiner Jugend in ihren Reihen aufnehmen? Aber dann fiel mir das Gespräch mit Vater ein und seine Ermahnungen, mich aus allem herauszuhalten, und ich wußte überhaupt nicht mehr, was ich denken sollte. In dieser Stimmung lenkte ich meine Schritte zum „Schwarzen Drachen".

Vom Meer her wehte ein leichter Wind. Ich blinzelte gegen die tief im Westen stehende Sonne.

Aus dem offenen Fenster der Schenke drang rauher Gesang, der an Vielstimmigkeit jeden Madrigalchor übertraf.

Ich betrat zum ersten Mal ein Wirtshaus.

Lärm und Stimmengewirr schlugen mir entgegen. Starrten mich alle an? Niemand beachtete mich.

Ich blickte mich um. Die meisten Tische waren besetzt. Beim Suchen nach einem freien Platz stieß ich mit dem Kopf an einen rußgeschwärzten Deckenbalken. Trotz der geöffneten Fenster fand ich die Stube düster und stickig. Wie konnten sich die Männer hier wohl fühlen? Und in dieser Spelunke mußte Mayken arbeiten! Ich setzte mich an einen freien Tisch und suchte den Raum nach ihr ab, aber ich konnte sie nicht entdecken.

Eine Magd schlürfte heran. „Was wünscht Ihr, mijnheer?"

Der Teufel gewinnt seine Seelen durch Höflichkeit, dachte ich, aber mit Herr angeredet zu werden schmeichelte mir trotzdem. Ich bestellte Brot und Schinken und braunes Bier, faßte mir ein Herz und fragte nach Mayken.

Die Magd lächelte. Ich wurde rot. „Sie arbeitet jetzt in der Küche, junger Herr. Wollt Ihr sie sprechen? Von wem soll ich sie grüßen?" Dabei streckte sie mir die Hand mit einer Bewegung entgegen, die ich schon bei anderen Gelegenheiten beobachtet hatte.

Ich nannte ihr meinen Namen und drückte ihr drei Stüber in die Handfläche.

„Wartet am Hinterausgang auf Mayken, wenn Ihr mit dem Essen fertig seid."

Ich konnte Brot und Schinken nicht schnell genug verschlingen, und das bittere Braunbier kippte ich hinunter, als hätte ich mein Leben lang nichts anderes getrunken. Ich verließ eilig die Stube und lief um das Schankhaus herum.

Auf dem Hof gackerten Hühner, und der Hund an der Kette schlug an.

Ich wartete. Ein Fischer ging ins Haus hinein und wenig später zwei Männer, die wie Hafenarbeiter aussahen. Weshalb benutzten sie den Hintereingang?

Dann kam Mayken. Sie roch nach Zwiebeln und Öl und gebratenem Fisch, war rot und verschwitzt im Gesicht und strich sich die Hand an der Schürze ab, bevor sie sie mir reichte. Sie tat, als sei es selbstverständlich, daß ich sie besuchte, und nahm mir jede Verlegenheit.

„Warte eine halbe Stunde, dann habe ich frei."

Ich wartete.

Sie kam und sagte lachend: „Wollen wir wieder eine Bootsfahrt machen?" In ihren Augen blitzte Spott.

Wieder wurde ich rot. Ich suchte krampfhaft nach einer Entgegnung, aber mir fiel nichts ein. „Ein Schuster taugt nicht zum Bäcker, und ein Maler ist kein Seemann", sagte ich schließlich und kam mir dumm dabei vor. Ärgerlich setzte ich hinzu: „Ich vertrag's eben nicht."

Eine Weile liefen wir schweigend nebeneinanderher. Was kann man mit einem Mädchen reden, wenn man allein mit ihr spazierengeht? Norbert Broederlam in der Werkstatt hatte mit seinen Bekanntschaften geprahlt. Man müsse den Frauen, er nannte sie Damen, Schmeicheleien sagen und ihnen die Hand küssen. Blödsinn! Was für ein Gesicht hätte Mayken da wohl gemacht!

„Benutzen die Gäste bei euch auch den Hintereingang?" fragte ich, um etwas zu reden.

„Wie kommst du darauf?" Es klang so, als wolle sie sagen: Kümmere dich nicht darum, es geht dich nichts an.

So begann ich von der Werkstatt zu erzählen, von Huchtenbroek und Caspar Franck.

Sie hörte aufmerksam zu. „Caspar scheint ein feiner Kerl zu sein."

Ihr Urteil überraschte mich nicht. Ich begann die Menschen in Gruppen einzuteilen. Die einen dachten und handelten wie Vater, die anderen wie Onkel Arent. Mayken gehörte zu Onkel Arent, zu den Fischern, zu Caspar Franck. Aber wohin gehörte ich?

Ich sagte mir immer wieder, es sei klug, Vaters umsichtigen Ratschlägen zu folgen, und daß man seinen Eltern Gehorsam schulde. Dennoch hatte ich mich weder von Caspar ferngehalten noch Tijs oder Onkel Arent gemieden. Ich fühlte mich zu ihnen hingezogen. Aber woran liegt das, fragte ich mich. Und plötzlich wußte ich es: Eben weil sie anders waren als Vater. Ich erinnerte mich, daß Onkel Arent einmal gesagt hatte, er würde sich nie mit der spanischen Herrschaft abfinden. Ich war darüber erschrocken gewesen, aber kann ich noch leugnen, daß mir Mut und Tatendrang mehr imponierten als der Satz vom stillen Aushalten? Daß ich manchmal von kühnen Geusentaten träumte? Daß ich ein Mann werden wollte, der Mayken gefiel?

Wir kamen zu dem Bootssteg, auf dem wir uns zu Mariä Himmelfahrt getroffen hatten. Er war leer. Wie gingen hinaus und setzten uns.

Die Sonne stand rot am Horizont. „Ich möchte dir etwas schenken", sagte ich und gab Mayken ein Blatt, das ich den ganzen Nachmittag mit mir herumgetragen hatte. Ein Brustbild von Mayken in Wasserfarbe, mit Firnis überzogen. Mayken mit dicken, blonden Zöpfen, das Gesicht rosig, die Lippen zu einem leichten Lächeln geöffnet. Ich hatte es heimlich zu Hause nach einer Skizze gemalt und viel Zeit und Mühe darauf verwendet.

Sie betrachtete es lange. „Schön", sagte sie endlich. „Ich erkenne mich darauf. Aber ist mein Gesicht wirklich so rund und engelhaft?" Sie blähte die Backen, ließ sie wieder zusammenfallen, lachte. „Und der Mund..."

Ich betrachtete ihr Gesicht noch einmal ganz genau. Tatsächlich erschienen mir ihre Züge bei aller Frische jetzt herber und ihr Mund schmaler. Viel mehr war zu sehen, als mein Porträt auswies.

„Ich glaub, ich seh auf dem Bild wie eine Madonna in der Kirche aus und nicht wie ein Mädchen, das in einem Schankhaus dient."

Ihre Worte verletzten mich. „Zerreißen wir es", sagte ich leichthin und wollte das Blatt an mich nehmen.

Mayken entzog es mir mit einer flinken Bewegung. „Ich möchte es behalten. Du hast es mir geschenkt."

Die Geste versöhnte mich augenblicklich und stimmte mich froh. „Eines Tages werde ich dich besser malen", versprach ich ihr.

Abends in meiner Kammer dachte ich über Maykens Urteil nach. Sie war ein verständiges Mädchen, und ich mußte ihr recht geben. In der Werkstatt wurden die Bilder stets in der gleichen Weise gefertigt. Die Maler verwendeten keine Modelle und malten die

Gesichter nach Vorlagen. Ich hatte diese Art zu malen übernommen. Von wem konnte ich lernen? Von Huchtenbroek? Nein. Nur von Caspar!
Übrigens schien meine Sorge um sein Leben unbegründet.

In den ersten Tagen nach der Auseinandersetzung zwischen dem Gesellen und Pater Gregorius nahm Huchtenbroek das Heft in der Werkstatt wieder in die Hand. Er kam früh, verteilte die Aufgaben und prüfte Caspars Tafeln. „Sie dürfen sich nicht von den anderen in meiner Werkstatt gefertigten Bildern unterscheiden. Wenn deine Malerei noch einmal Grund zur Klage gibt, kannst du dein Ränzlein schnüren. Sei kein Dummkopf, Gesell!" Dabei blinzelte er ihn eher verschlagen als drohend an.

Ich wunderte mich über Huchtenbroeks milden Ton. Aber Caspar war ein tüchtiger Maler. Sicher wollte der Meister ihn nicht verlieren.

Bald ging alles wieder wie früher. Huchtenbroek erschien spät und betrunken in der Werkstatt, und Caspar kümmerte sich um die Arbeit.

Mir gab er kleine Sonderaufgaben. Ich durfte die Gestalt eines Heiligen entwerfen oder den Hintergrund für ein Bild. Er unterwies mich in der Lehre von der Perspektive, zeigte mir, wie man Gegenstände auf einer Fläche darstellen kann, und lehrte mich, den menschlichen Körper im richtigen Verhältnis zu zeichnen. All das geschah fast beiläufig und zwischen den üblichen Arbeiten.

Ich stellte ihm viele Fragen, und er beantwortete sie bereitwillig. In meiner Freizeit zeichnete ich Bauern auf dem Markt, Viehhändler und Fischer, zeigte Caspar die Skizzen und bat um sein Urteil.

Manchmal lächelte er dann, oder er schüttelte den Kopf. Einmal sagte er: „Es genügt nicht, wenn du nur das Äußere der Menschen zeichnest. Ein gutes Bild zeigt ihr Wesen. Es macht deutlich, was sie denken und fühlen. Du mußt dein Modell ganz begreifen."

Ich verstand Caspar und verstand ihn auch nicht. Ich fand die

Malerei viel schwerer, als ich es mir gedacht hatte.

Eines Tages brachte er mir ein Büchlein. Es nannte sich „Die Speis' der Malerknaben", hatte aber nichts mit Essen und Trinken zu tun. Vielmehr handelte es von den Grundregeln des Zeichnens und Malens. Ein deutscher Meister hatte es für die Lehrlinge des Malerhandwerks geschrieben. Sein Name war mir nicht unbekannt: Albrecht Dürer.

Ich erinnerte mich an eine Kohlezeichnung im Arbeitsraum des Stadtadvokaten Jakob von Wesembecke, Vaters Freund, die mich als kleiner Junge beeindruckt hatte. Dürer hatte den Vater Wesembeckes gemalt. Ein vom Tode gezeichneter Mann, schmallippig, tiefe Falten um den Mund, das Gesicht hager, die Augen müde und mit seltsamem Ausdruck, als sähen sie ein fernes Land. All das mit wenigen, sparsamen Strichen. Kein schönes Porträt, kein Gemälde, das ein Fürst in seine Galerie hängen würde, aber sicher ein wahrhaftiges Bild, einfühlsam und mitfühlend gezeichnet. Wo mochte es sich jetzt befinden? Die Spanier hatten Jakob Wesembeckes Besitz genommen.

Solange ich denken konnte, war er in unserem Haus ein und aus gegangen. Ich hatte als kleiner Junge auf seinem Schoß gesessen, und auf seinem Rücken war ich durchs Zimmer geritten, und ich durfte ihn Onkel Jakob nennen.

Nach einer Auseinandersetzung im Stadtrat über eine neue Steuer für den Bau der Zitadelle war er geflohen. Alle Ratsherren hatten in dieser Sitzung den Geldforderungen der Spanier zugestimmt. Auch Vater. Nur Jakob Wesembecke war dagegen aufgestanden. „Wollen wir noch mehr aus uns herauspressen lassen?" hatte er gefragt. „Und wofür zahlen wir das Geld? Für unsere eigene Zwingburg! Demnächst werden wir den Spaniern noch die Galgen kaufen, an die sie uns hängen können!"

Kühne Worte! Vater hatte Mutter im Flüsterton davon berichtet. Noch am gleichen Abend hatten spanische Söldner Wesembeckes Haus umstellt, aber er war klug genug gewesen, nicht dorthin zurückzukehren. Bei uns durfte sein Name nicht mehr erwähnt werden.

Aber zurück zu Dürers Büchlein. Ich studierte es mit Eifer. Dürer war mehrmals in Antwerpen gewesen. Im Schilderpand hing eine Zeitlang seine Zeichnung des Hafens beim Scheldetor. Viele Sätze in dem Büchlein fand ich schwer verständlich. Ich mußte sie mehrmals lesen. Einige las ich so oft, daß ich sie auswendig wußte. „Durch Lernen wollen wir unseren Verstand schärfen und uns darin üben, so mögen wir wohl etliche Wahrheit suchen, erkennen und dazu kommen", schrieb der Meister.

Ja, ich wollte lernen.

„Weißt du mehr über Dürer?" fragte ich Caspar, als ich ihm das Büchlein zurückgab.

„Er war der Sohn eines Goldschmiedes, wie du."

Ich staunte, wie viele Einzelheiten Caspar aus dem Leben des berühmten deutschen Meisters kannte. Er erzählte von Dürers Heimatstadt Nürnberg, von Dürers Reisen, und wie er Kupferstich und Holzschnitt zu höchster Vollendung geführt habe. Er schwieg erst, als Norbert Broederlam in die Werkstatt zurückkehrte.

„Ich besitze einen Holzschnitt von Dürer. Komm mich besuchen, wenn du Lust hast. Ich zeig ihn dir", sagte er noch mit leiser Stimme.

Ich begriff. Norbert sollte nichts davon wissen. Unsere Beziehungen erhielten einen verschwörerischen Reiz. Mehr und mehr sah ich in Caspar meinen Freund und Lehrer.

Caspar wohnte bei einer Witwe in einem alten Häuschen von rotem Backstein am Kipdorptor. Aus dem Giebel ragte ein Kranbalken mit eingezogenem Flaschenzug heraus, wie ihn viele Antwerpener Häuser besitzen. Mit seiner Hilfe hievt man größere Möbelstücke ins Obergeschoß. Diese Kranbalken erinnerten mich an schreckliche Dinge. Die Spanier hatten sie bei ihrem Einzug als Galgen benutzt und Bürger Antwerpens an ihnen erhängt.

Die Witwe, eine hagere, schwarzgekleidete Frau, ließ mich ein.

Ich stieg die Treppe empor.

Die Giebelstube, die Caspar bewohnte, war heller und freundlicher, als ich erwartet hatte. Den größten Teil des Raumes nahm ein mit Zeichnungen bedeckter runder Tisch ein. Caspar schob die Blätter zusammen und bot mir Tee und Zuckerwerk an.

Ich setzte mich und fühlte mich verlegen wie am Weihnachtstag in Großmutters guter Stube. Ich rührte in meinem Tee und starrte auf die Staffelei am Fenster. Caspar malte also auch zu Hause. Ich hätte das Bild gern gesehen, aber es war mit einem Tuch verdeckt.

Caspar holte aus dem Nebenzimmer eine Mappe aus schwarzem Leder. Die Deckel waren sorgfältig verschnürt. So bewahrt man nur etwas sehr Kostbares auf.

„Ich habe den Holzschnitt vor Jahren für ein paar Gulden auf meiner Wanderschaft in Deutschland erstanden", sagte er ohne Übergang.

Er öffnete die Mappe.

Das Blatt zeigte vier über Menschen dahinstürmende Reiter. In den aufgerissenen Wolken schwebte ein Engel. Eine seltsame Unruhe ging von dem Bild aus, die mich sogleich ergriff.

„Damit schmückt man keinen stillen Kirchenraum, nicht wahr?" sagte Caspar, als hätte er meine Gedanken erraten. „Dürer nannte das Bild die ‚Apokalyptischen Reiter‘."

Von Pater Gregorius wußte ich, daß die Apokalypse eine biblische Schrift war, die das Weltende schilderte.

„Apokalypse heißt ‚Enthüllung‘. Was aber will Dürer enthüllen? Schau genau hin, Geert! Siehst du den Mann mit der päpstlichen Tiara unter den Hufen des Pferdes? Er wird gestraft, nicht die Familie des einfachen Mannes hier. Sie erwartet von dem Gericht die Erlösung von ihrem Knechtsdasein. Zerstampft werden die gekrönten geistlichen und weltlichen Häupter."

Caspars Erklärungen machten mir das Bild lebendig. Je mehr ich begriff, desto größer wurde mein Schrecken. Das war ein aufrührerisches Bild! Es wandte sich gegen den Papst und seine Kirche. Dürer wollte nicht das Weltende enthüllen, sondern die Zeit, in der er lebte. Wer so ein Bild schätzte, mußte ein Ketzer sein!

„Am liebsten möchte ich das Blatt ergänzen und auch Alba und König Philipp unter die Hufe der Pferde werfen."

„Aber der König ist gerecht", warf ich ein. Ich erinnerte mich an den Anschlag an der Burgkirche. „Nur seine Ratgeber sind schlecht. Oranien selbst hat es gesagt."

Caspar lachte kurz und böse. „Der König ist ein tückischer Wolf. Oranien mag ein tapferer Mann sein, aber das will er nicht wahrhaben."

Caspars Offenheit ängstigte mich. Zugleich machte sie mich stolz, weil sie sein Vertrauen zu mir zeigte. Aber woher wußte er so genau, daß ich, der Sohn des ängstlichen Rupert Gansfoort, ihn nicht verraten würde?

Die Antwort sollte ich sogleich erfahren. Ich fragte ihn aus einer plötzlichen Regung heraus: „Weshalb bist du in Antwerpen geblieben, Caspar?"

„Weil nicht alle weglaufen können, Geert. Deshalb bleibe ich hier und auch dein Onkel und viele andere, und wir hoffen, daß wir länger bleiben werden als die Spanier."

Onkel Arent und Caspar kannten sich also tatsächlich. Der Onkel mußte dem Maler von mir erzählt haben. Vielleicht hatte Onkel Arent ihn sogar gebeten, sich um mich zu kümmern. Daß es tatsächlich so war, erfuhr ich viel später. Ob sie dem Geheimbund der Geusen angehörten?

„Ich bin auch geblieben, um das Unrecht und die Schandtaten der Spanier aufzuzeichnen", fuhr Caspar fort. Er ging zur Staffelei und nahm das Tuch ab.

Das Bild zeigte ein niederländisches Dorf im Winter, nicht auf eine Holztafel, sondern auf Leinewand mit Ölfarbe gemalt.

Auf dem Dorfplatz Bauern in bunter Tracht, Männer, Frauen, Kinder. Zwischen ihnen spanische Söldner mit gezückten Schwertern. Im Hintergrund eine Rotte gepanzerter spanischer Reiter. Ich trat einen Schritt näher, um genauer zu sehen. Kleine Kinder lagen erschlagen im Schnee. Ein Söldner riß einer Mutter ihr Mädchen aus der Hand und hob das Schwert zum tödlichen Schlag. Ein anderer setzte einer Frau nach, die mit ihrem Kind den Mördern entkommen wollte. Das Blut wich aus meinem Kopf, und die Kehle war wie zugeschnürt. Ich konnte nicht mehr hinsehen.

„Ich habe es selbst erlebt", sagte Caspar mit tonloser Stimme. „Das ist mein Heimatdorf. Eines Tages überfielen in seiner Nähe Buschgeusen ein Kommando der Spanier. Aus Rache unternahmen Albas Schergen eine Strafexpedition gegen unser Dorf. Zuerst töteten sie die Kinder, dann die Frauen und zuletzt die Männer. Auch meine Geschwister und meine Eltern wurden von ihnen umgebracht. Ich konnte entkommen."

Ich zwang mich, die schreckliche Szene noch einmal zu betrachten. Tränen liefen über mein Gesicht.

„Heul nicht", sagte Caspar nach einer Weile fast grob. „Heulen hilft nichts. Ich hab die Schandtat gemalt, damit sie nie in Vergessenheit gerät. Mehrmals hab ich's versucht, aber so richtig ist das Bild erst jetzt gelungen. Ich glaub, so ist's gut. So ist es gewesen." Caspar holte ein Messer aus seiner Tasche und zerschnitt die Fäden, mit denen das Bild in dem großen Rahmen festgehalten wurde. Dann legte er das Gemälde in die Eichentruhe an der Wand und spannte neue Leinewand in den Rahmen.

Ich sah andere Bilder von Caspar.

Lodernde Scheiterhaufen und Schinderkarren in ausgefahrenen Spuren. In Reihe aufgestellte Radstangen, die entstellten Körper der Hingerichteten zwischen den Speichen der Räder. Rohe Gesichter von Folterknechten, von flackerndem Licht gespenstisch erhellt.

Er zeigte mir auch die Vorlage für einen Holzschnitt. Eine Sitzung des von Alba eingesetzten Gerichtsrates. Der Herzog nannte ihn „Rat der Unruhen", aber Onkel Arent und viele andere sprachen vom „Blutrat". Jeder kannte die Namen der gefürchteten Männer: Noircarmes, Berlaymont, del Rio, Vargas, Hessel. Hier saßen sie alle um eine Holztafel mit zu gräßlichen Fratzen entstellten Gesichtern. An der Spitze der Tafel Alba vor einem Berg von Papieren auf dem Tisch — Todesurteile. Im Hintergrund Galgen und Scheiterhaufen. „Da hast du die Henker des Volkes", sagte Caspar. „In den ersten drei Monaten von Albas Herrschaft verurteilten sie fast zweitausend Niederländer zum Tode. Ich weiß nicht, wie viele es inzwischen geworden sind. Von Hessel sagt man, er verschlafe einen Teil der Sitzungen am Ratstisch. Weckte man ihn, so krähte er nur ‚Ad patibulum!' An den Galgen! So lautet auch die Unterschrift des Bildes. Die Niederländer mögen urteilen, wer an den Galgen gehört."

Ein Verdacht stieg in mir auf. In der Stadt liefen Flugblätter gegen die Spanier und ihre Helfer um. Sie wurden von Holzstöcken auf grobes Papier gedruckt. Zwei davon hatte mir Tijs gezeigt. Bisher konnten Albas Schergen die Urheber nicht fassen. Fertigte Caspar die Vorlagen für diese Blätter? Ich wagte nicht, ihn danach zu fragen. Und ich wollte es auch nicht wissen.

„Erzähle niemandem, was ich dir gezeigt habe", mahnte Caspar. Aber das war nicht nötig.

Das Versprechen war leichter gegeben als gehalten. Wer hätte auch gedacht, daß Pater Gregorius mich bei der Beichte nach Caspar Franck ausforschen würde?

Pater Gregorius stellte mitunter seltsame Fragen. Manche verstand ich nicht so recht und brauchte sie also auch nicht zu beantworten. Diese verstand ich nur zu gut.

„Was redet Caspar Franck in der Werkstatt? Hast du von dem Gesellen ketzerische Äußerungen gehört? Weißt du, mit wem er befreundet ist?"

Ich zögerte mit der Antwort. Nie hatte ich Pater Gregorius alles erzählt, was ich gehört und gesehen hatte. Aber ich hatte ihn bei der Beichte auch noch nie belogen. Eine Lüge bei der Beichte ist eine gräßliche Sünde. Mir drohten höllische Strafen! Da saß ich also zwischen zwei Feuern. Sagte ich die Wahrheit, so brach ich mein Versprechen und gefährdete Caspars Leben. Log ich, war mir nach dem Tode die Hölle mit all ihren unvorstellbaren Qualen gewiß.

„Nun?" drängte Pater Gregorius.

Ich hielt meinen Kopf gesenkt und flüsterte: „Ich kenne Caspar Franck nicht besser als Norbert Broederlam und die anderen in der Werkstatt. Ich denke, er ist fest im katholischen Glauben und ein gehorsamer Untertan des Königs." Mehr bekam Pater Gregorius nicht aus mir heraus. Aber mein Gewissen zwackte mich, und aus Furcht vor den höllischen Strafen konnte ich nicht schlafen.

Onkel Arent sagte, die Geistlichen mißbrauchten ihre Stellung, um uns auszuhorchen und einzuschüchtern. Ihre Drohungen seien leeres Gewäsch.

Ich war mir dessen nicht sicher und fand keine Ruhe.

„Du siehst blaß aus, fehlt dir etwas?" fragte die Mutter.

Ihr konnte ich mich natürlich nicht anvertrauen.

In der Werkstatt mischte ich rote und blaue Farbe zusammen, so zerstreut war ich.

Der alte Melchior wies mir schließlich den Ausweg.

Der Schreiner war seit einiger Zeit krank. Er hustete Blut und stöhnte, er müsse sich auf sein Ende vorbereiten. Der Gedanke beschäftigte ihn wohl sehr. Oft starrte er lange vor sich hin. Jeder möchte gern frei von Sünden aus dem Leben gehen. Wir alle bemerkten Melchiors Unruhe und Bedrückung.

Eines Tages kam er dann freudig erregt in die Werkstatt. „Hast du das Große Los aus dem Glückstopf gefischt?" fragte ihn Caspar.

„Vielleicht." Melchior lachte, zog ein zusammengefaltetes Pergament aus der Rocktasche und wedelte damit vor unseren Gesichtern herum.

Norbert Broederlam mußte vorlesen, darauf verstand er sich wie der Prediger in der Kirche.

„Himmels-Paß", las Norbert also mit erhobener Stimme.

„Wir Pröpste Unserer Lieben Frauen Bruderschaft an unseren Herrn und Freund Sankt Peter, Türwärter an der Pforte des Himmels. Wir geben Dir zu wissen, daß zu dieser Zeit gestorben ist Melchior Schimmelpenninck, daß Du ihn direkt und ohne Aufenthalt einlassest in das Reich Gottes.

Wir haben ihn von all seinen Sünden losgesprochen und befreit."

Melchior hielt den Kopf schräg und nickte wohlgefällig, während Norbert las.

„Ich hab drei Gulden dafür bezahlt. Wenn ich gestorben bin, legt mir mein Sohn den Himmels-Paß in den Sarg. So wird mir nichts Böses geschehen."

Caspar lachte verächtlich. „Was für ein Unsinn. So zieht man den Leuten das Geld aus der Tasche."

Norbert blickte ihn strafend an.

Ich aber verhandelte insgeheim mit Melchior, ob er mir auch solch ein Ablaßschreiben besorgen könne. Nicht gleich einen Himmels-Paß, denn damit habe es noch Zeit. Nur einen gewöhnlichen Schein für einen oder höchstens zwei Gulden, auf dem die Sünden vergeben werden.

Ich kratzte meine ersparten Stüber zusammen und erbat von Vater und Mutter unter nichtigen Vorwänden noch etwas Geld.

Melchior besorgte mir das Schreiben.

Ich erzählte niemandem davon, aber ich bewahrte es sorgfältig auf.

Erst im Herbst bemerkt man so recht, wie nahe Antwerpen am Meer liegt. Der Sturm fegt in Böen über die Stadt, rüttelt an den Häusern und peitscht die Schelde so heftig wie das offene Meer. Der Sturm reißt die Reusen los und bläst den Weibern der Fischer Angst vor der nächsten Fahrt ihrer Männer in die Herzen. Er packt die kreischenden Möwen über dem Hafen und spielt mit ihnen wie mit dem welken Laub der Bäume.

Die Luft schmeckt nach Salz und riecht nach Regen.

Im Oktober wechselten die Gerüchte über Oraniens Armee so schnell wie die Wolken am Himmel.

„Der Herzog hat mit dreißigtausend Mann die Maas überschritten", erzählte mir Tijs.

„Das Heer des verdammten Ketzers ist von Alba geschlagen", verkündete Norbert Broederlam triumphierend in der Werkstatt.

„Oraniens Truppen stehen in Brabant, du kannst es glauben." So Tijs, seiner Sache gewiß.

Irgend etwas war los. Die Spanier verstärkten überall die Wachen. Im Hafen und in der Innenstadt begegnete ich immer häufiger ihren Patrouillen.

In der Werkstatt flüsterte mir Caspar kurz vor Allerheiligen zu: „Kannst du mich nach Einbruch der Dunkelheit besuchen? Es ist wichtig. Achte darauf, daß dich niemand beobachtet, und komm durch den Hintereingang!"

Am gleichen Abend stahl ich mich von zu Hause weg. Es war dunkel und neblig. Wachen durchstreiften die Stadt. Die mitgeführten Sturmlaternen verrieten sie jedoch schon von weitem. Ich wich ihnen aus.

In der Nähe des Kipdorptores streifte ich die Holzschuhe von den Füßen und trug sie in der Hand. Die Nässe drang durch meine dicken, gestopften Socken, aber niemand konnte mich hören. Dennoch blieb ich häufig stehen, sah mich um und lauschte.

Die Hintertür des Häuschens war offen.

Ich tastete mich die Stiege hinauf und klopfte.

Caspar öffnete. „Fein, daß du gekommen bist, Geert. Hat dich jemand bemerkt?"

Ich schüttelte den Kopf und setzte mich auf den hingeschobenen Stuhl. Mein Herz schlug heftig wie nach einer großen Anstrengung, und ich konnte vor Aufregung nicht sprechen.

Caspar lief zum Fenster. Er vergewisserte sich, daß die Läden fest verschlossen waren, kam zum Tisch zurück und drehte die Funzel heller. „Ich möchte dich bitten, für mich zwei Bilder aufzubewahren", sagte er dann ohne Umschweife. „Du kennst sie." Er breitete die „Ermordung der Einwohner eines Dorfes" und „An den Galgen!" vor mir aus und rollte die Leinewand sogleich wieder zusammen.

„Du bist ein großer Junge, und ich will dir nichts vormachen", fuhr er fort. „Das Heer Oraniens schafft Unsicherheit für die Spanier. Sie fürchten eine Erhebung in den Städten und schlagen blindwütig um sich. In den letzten Tagen verhafteten sie mehr Menschen als im August und September. Es könnte sein..." Caspar stockte und setzte erneut zum Sprechen an: „Es könnte sein, daß ich weg muß. Ich weiß nicht, was mir zustößt. Um die meisten meiner Bilder wäre es mir nicht leid. Diese beiden jedoch wüßte ich gern in Sicherheit. Willst du sie eine Zeitlang für mich aufbewahren? Niemand wird dich verdächtigen."

Meine Gedanken arbeiteten langsam und verharrten noch bei seinen ersten Sätzen. Wollte Caspar zum Heer des Herzogs?

„Wird Oranien siegen?"

Der Geselle wiegte nachdenklich den Kopf.

Ich bemerkte die dunklen Schatten um seine Augen und die Falten in dem hageren Gesicht.

„Oranien befehligt Landsknechte", sagte Caspar nach einigem Zögern. „Der Winter steht vor der Tür. Der Herzog besitzt nicht genug, um ihnen über Monate ihren Sold zu zahlen. Wenn er Alba nicht schnell besiegt und reiche Beute macht, werden ihm die Truppen davonlaufen. Der Spanier weicht einer Schlacht aus. Er ist schlau."

„In Brabant werden die Niederländer zu Oraniens Fahnen laufen."

„Die Niederländer", sagte Caspar gedehnt. Die steile Falte über der Nasenwurzel vertiefte sich. „Hafenarbeiter, Tagelöhner und Fischer bestimmt. Aber die Krämer hocken auf ihren Säcken. Kaufleute, Gewandschneider, Goldschmiede und alle wohlhabenden Handwerker bangen um ihren Besitz. Zu Herentals haben sie dem Herzog die Stadttore verschlossen, obwohl keine spanische Besatzung in den Mauern lag. Was wird noch alles geschehen müssen, bevor..."

Er brach ab, als habe er schon zuviel geredet.

Wir schwiegen beide für eine Weile.

Auch Vater ist einer von denen, die nur um ihren Besitz bangen, dachte ich. Und dann: Woher hat Caspar seine Kenntnisse? Jetzt hätte ich schwören mögen, daß er mit den Geusen in Verbindung stand. Caspar war mein Freund und Lehrmeister, er hatte mir viel geholfen. „Willst du die Bilder aufbewahren, Geert?" kam er auf seine Bitte zurück. „Es ist nicht ungefährlich."

„Natürlich", sagte ich, als handle es sich um die selbstverständlichste Sache der Welt. „Du kannst dich auf mich verlassen."

Er umarmte mich.

Plötzlich hatte ich das Gefühl, Abschied zu nehmen. Mein Gesicht brannte, und ich konnte die Tränen kaum zurückhalten.

All meine bösen Ahnungen sollten sich bestätigen.

Zwei Tage später erschien Caspar Franck nicht in der Werkstatt.

Norbert Broederlam verspätete sich und platzte mit einer Neuigkeit herein. Gestern nacht haben die Spanier im ‚Schwarzen Drachen' einen Geusentreff ausgehoben."

Ich ließ den Pinsel fallen, mit dem ich gerade eine Tafel grundierte, der alte Melchior hörte auf zu hämmern, und auch der lange Maarten und der Lehrjunge Pieter unterbrachen ihre Arbeit.

Wir bestürmten Norbert mit Fragen.

Der Geselle ließ sich nicht lange bitten. „Zwanzig Geusen wurden festgenommen, und die Kaschemme ist niedergebrannt." Norberts Augen strahlten, als habe er höchstpersönlich eine Schlacht für Alba gewonnen.

Mir zitterten die Knie. Niedergebrannt? Was war mit Mayken? Ich sah die Männer vor mir, die den Hintereingang vom ‚Schwarzen Drachen' benutzt hatten, und glaubte Norbert aufs Wort.

„Wißt ihr, wer sich unter den Verhafteten befand?" Um die Spannung zu erhöhen, schob der Geselle eine Pause ein. Dann schmetterte er den Namen wie ein den Sieg verkündender Herold heraus. „Caspar Franck!"

Wir standen betreten.

Norbert musterte einen nach dem anderen, als suche er nach Komplizen von Caspar.

„Caspar ist unschuldig", sagte der alte Melchior ruhig in die Stille hinein. „Sie werden ihn wieder freilassen."

„Er ist ein Ketzer", ereiferte sich Norbert. „Du weißt es genausogut wie ich. Sie sollen mich nur als Zeugen rufen. Ich werde nicht hinterm Berg halten. Hab genug gehört und gesehen."

Über das Gesicht des Alten lief ein Schatten. „Solltest dich schämen, wie ein Siebenstübermann gegen einen aus unserer Werkstatt aufzutreten. Bist wohl nur neidisch auf Caspar, weil er ein besserer Maler ist als du!"

Vermutlich machte Melchior der Besitz des Himmels-Passes so kühn.

Norbert zog ein Gesicht, als wolle er Melchior an die Kehle springen. Er trat einen Schritt auf ihn zu, die Hände zu Fäusten geballt, doch dann begnügte er sich mit giftigen Drohungen.

Melchior wandte sich ungerührt von ihm ab und schlurfte in seine Ecke.

Von den anderen sagte keiner ein Wort.

Wir gingen wieder an die Arbeit, aber natürlich war ich nicht bei der Sache. Immer dachte ich nur an Mayken und Caspar.

Zu meiner Verwunderung kam Huchtenbroek früher als üblich. Er war nicht betrunken, gab sich leutselig und fragte nicht nach Caspar. Er rief uns zusammen und erzählte von einer neuen Arbeit, die all unser Können und unsere Kraft verlangen würde. „Man rühmt die Schönheit unserer Altarbilder an vielen Orten. Die Kunde davon drang bis zum Kommandanten der Zitadelle. Er beauftragte mich, die Wände der Kapelle in der Festung zu Ehren des Herrn und zum Ruhme der Kirche mit frommem Bildwerk auszuschmücken."

„Sicher verdankt er den Auftrag der Fürsprache von Pater Gregorius. Ja, ja, heutzutage muß man sich mit den Pfaffen gut stellen", brummelte Melchior so leise und undeutlich, daß nur ich ihn verstehen konnte.

„Werden wir's denn ohne Caspar schaffen?" fragte Norbert mit hämischem Lächeln dazwischen. Offenkundig wollte er sich wichtig machen und Huchtenbroek unter die Nase reiben, daß er in seiner Werkstatt einen Ketzer beschäftigt hatte.

Der Meister ließ sich nicht beirren. „Ich weiß über Caspar Franck Bescheid", sagte er kühl. „Er wird nicht mehr bei uns arbeiten." Die Bemerkung nahm Norbert den Wind aus den Segeln.

Mich verbitterte sie. Mit zwei Sätzen tat Huchtenbroek den Gesellen ab, der jahrelang für ihn gearbeitet hatte.

Als ihm später zu Ohren kam, man habe in Caspars Zimmer Vorlagen für Flugblätter und gegen die Spanier gerichtete Bilder gefunden, hielt er uns seinen ehemaligen Gesellen als warnendes Beispiel vor. Er habe ihn schon immer verdächtigt. Ja, Huchtenbroek hängte den Mantel nach dem Winde und streckte sich nach dem Brotkorb. Für Caspar rührte er keinen Finger. Ihn interessierte nur der neue Auftrag.

Ich starrte durch die Butzenscheiben. Dunkle Wolkenfelder, rötlich und grünlich und gelblich getönt, zogen dahinter vorbei.

Huchtenbroek redete noch immer.

Mich fröstelte.

Als der Meister alle an ihre Plätze zurückschickte, war es in der Werkstatt so dunkel geworden, daß nur der alte Melchior noch ohne Kerzen arbeiten konnte.

Huchtenbroek geizte mit Kerzen und Öl für die Lampe.

Pieter mußte Pinsel auswaschen und die Stube fegen. Mit Norbert und dem langen Maarten wollte Huchtenbroek ausführlich über die Ausgestaltung der Kapelle reden. Mich schickte er nach Ocker und drei Unzen Ultramarin. „Brauchst heute nicht mehr zurückzukommen, Geert! Kannst es morgen mitbringen."

Ich glaub, so schnell bin ich noch nie aus der Werkstatt gestürzt. Draußen empfing mich eisiger Wind und peitschte mir nadelfeinen Regen ins Gesicht. Ich schob das Barett tief in die Stirn. Natürlich ließ ich Farbe Farbe sein und ging schnurstracks zu Onkel Arent. Wenn mir jemand etwas sagen konnte, dann er.

Ich nahm den Weg über den menschenleeren Fischmarkt, lief am Bollwerk entlang, vorbei an der Werft, an Türmen, langgestreckten Lagerhäusern und Schuppen hinaus zur Fischersiedlung.

Niedrige Katen drängten sich im Schutze der Stadtmauer an den Fluß. Eine Hütte sah aus wie die andere. Ein Fremder konnte sie verwechseln.

Ich überquerte einen kleinen freien Platz, sprang über Pfützen, bog vor der Brücke über den Bach nach rechts und stand vor Onkel Arents Kate.

Ich schlug den Klopfer gegen die Tür.

Der Onkel öffnete selbst.

Ein Stein fiel mir vom Herzen. Er befand sich nicht unter den Festgenommenen!

„Geert!" Schnell zog er mich ins Haus.

Die Wohnstube hatte ich im Frühjahr zusammen mit Tijs getüncht. Ich war sehr stolz gewesen auf mein Werk und fand sie selbst jetzt licht und freundlich. Auf der riesigen Truhe an der Wand, die viele Erinnerungen an Onkel Arents Matrosenzeit barg, stand ein bunter Herbststrauß.

Aber nein, so zu erzählen ist Unsinn! Ich sah ja gar nichts. Ich sah nur Mayken. Da saß sie im Kreis von Arent Bijns Familie! Ich traute meinen Augen kaum.

Onkel Arent lächelte. Es war das einzige Mal, daß ich ihn an diesem Tag lächeln sah.

„Ja, sie gehört jetzt zu uns", sagte er. „Die Spanier haben den ‚Schwarzen Drachen' abgebrannt. Sie hat keine Bleibe mehr."

„Ich weiß", sagte ich. „Wie bist du davongekommen, Mayken?"

„Ich schlafe nicht im Schankhaus, sondern auf der Tenne über dem Stall", erzählte Mayken. „Am Abend hatte ich frei und legte mich früh nieder. Plötzlich wachte ich auf und hörte Schreie. Es roch nach Rauch. Ich spähte durch einen Spalt im Schindeldach. Das Schankhaus brannte schon bis in den Dachstuhl! Nichts mehr ist zu retten, dachte ich, und dann packte mich die Furcht, das Feuer könne übergreifen. Ich verlor keine Zeit und kletterte die Leiter hinunter. Das Vieh war unruhig. Ich stieß die kleine hintere Stalltür auf und trieb die Kühe auf die Scheldewiese. Dann bin ich hierhergelaufen."

„Ein Glück, daß du aufgewacht bist. Von dem Stall sind nur noch die Grundmauern und ein paar verkohlte Balken übrig." Tijs hatte die Brandstelle natürlich schon besichtigt.

„Ich hab den ganzen Tag an dich gedacht, Mayken. Und an Caspar Franck. Caspar haben sie im ‚Schwarzen Drachen' festgenommen", sagte ich.

„Und viele andere", setzte Onkel Arent finster hinzu. Er sah abgespannt aus. Graue Bartstoppeln bedeckten seine Wangen. Er kniff die Augen zusammen, als blicke er gegen den Wind. Mit solch einem Gesicht steuert er auf See sein Boot durch den Sturm, dachte ich.

„Zieh doch den Mantel aus und nimm das Barett ab", mahnte Tante Griet. „Mein Gott, du bist ja ganz durchnäßt."

Tante Griet ist nicht sehr groß, aber derb und kräftig, denn sie mußte in dem Fischerhaus hart arbeiten. Ihre Hände fühlten sich rauh an.

Sie legte ein paar Holzscheite in den Kamin. Dann ging sie zum Herd und kochte Tee.

Ich setzte mich ans Feuer, trocknete meine Sachen und sah den anderen beim Netzeflicken zu. „Ob sie die Gefangenen zum Steen gebracht haben?" fragte ich Onkel Arent.

Im Steen, dem erhalten gebliebenen Teil der alten Burg von Antwerpen, sitzt die Inquisition. Ich glaube, gegen seine dicken

Mauern richten die schwersten Kanonenkugeln nichts aus. Dennoch wollte Tijs schon Schreie von Gefolterten gehört haben.

„Die Kerkerzellen im Steen sind überfüllt. Sie haben die Verhafteten auf die Zitadelle gebracht."

„Wir schmücken die Wände der Kapelle mit frommen Bildern, und wenige hundert Meter davon liegt Caspar Franck in Ketten", sagte ich leise und ließ den Kopf hängen.

Onkel Arent legte das Netz, das er prüfte, aus den Händen und sah mich interessiert an. „Du wirst in der Zitadelle arbeiten?"

Ich sah, daß er überlegte. Dann nahm er mich beiseite und fragte: „Kannst du einen genauen Plan der Zitadelle anfertigen und erkunden, wo sich die Gefangenen befinden?"

„Ich könnte es versuchen. Wollt ihr..."

Onkel Arent legte mir den Zeigefinger auf die Lippen und sah mich ernst an. „Du darfst nicht fragen und mußt schweigen wie ein Grab."

Ich schwor es ihm sofort bei dem Leben meiner Mutter. Aber etwas ängstlich war ich doch.

Mit Sand und Kalk beladen, holperte unser Wägelchen über die Straße hin zur Zitadelle.

Hoch und stark erhoben sich die Mauern der spanischen Zwingburg. Die Söldner auf dem Söller erschienen aus unserer Sicht klein wie Zinnsoldaten.

Ich kam mir vor wie ein Zwerg.

Mein Herz schlug schneller.

Am Wassertor kontrollierte ein storchbeiniger Söldner den Wagen. Zum Glück kannte er uns. Er hob die Plane, warf einen flüchtigen Blick auf Säcke und Behälter, rümpfte die Nase und ließ uns passieren.

Die Mauern der Zitadelle umschließen Lagerhäuser und Stallungen, Unterkünfte der Söldner, Werkstätten, ja sogar ein Brauhaus und eine Pulvermühle. Den Mittelpunkt bildet der Sitz des Kommandanten, fast ein Schloß mit einer kleinen, angrenzenden Kapelle. Dorthin schoben wir unser Wägelchen.

Meister Huchtenbroek erwartete uns ungeduldig. „Wir kommen nicht weiter, und ihr trödelt herum."

Drei Tage zuvor war Putz vom Gewölbe der Kapelle gebröckelt und hatte den größten Teil der schon fertigen Deckenmalerei verdorben. Seitdem war Huchtenbroek unleidlich.

„Bereite den Mörtel vor, Pieter. Du, Geert, geh mit aufs Gerüst."

Der lange Maarten balancierte auf einem Brett in halber Höhe zwischen Boden und Decke.

Ich stieg zu ihm hinauf.

Er befestigte einen riesigen Papierbogen an der Wand.

„Ich hab schon auf dich gewartet", empfing er mich. „Gib die nächste Rolle. Die da! Und halt sie mit fest. Hier!" Er wickelte die Rolle auf, glättete den Bogen und achtete darauf, daß er sich in gleicher Höhe mit dem anderen befand.

Der Kommandant wünschte die Ausgestaltung nach dem Vorbild einer italienischen Kapelle. Wir bemalten die Wände mit Bildern aus dem Leben Jesu. Die Wasserfarben wurden direkt auf den frischen Kalkputz aufgetragen. Die Umrisse der Figuren hatten wir vorher auf große Papierbögen gezeichnet und die Linien mit einer Nadel durchstochen. Die Bögen hießen Kartons.

Als wir drei Kartons nebeneinander befestigt hatten, reichte ich dem langen Maarten ein mit Kohlenstaub gefülltes Säckchen. Damit betupfte er die Konturen. „Fertig", sagte er nach einer Weile.

Wir nahmen die Kartons ab.

Auf dem weißen Grund der Mauer zeichnete sich in schwarzen, gepunkteten Linien ein bärtiger Reiter auf einem Esel ab, der den Mauern und Türmen einer Stadt entgegenritt. Vor ihm sich ehrfürchtig verbeugende Frauen und Männer. Der Einzug Jesu in Jerusalem.

Maarten prüfte den Mörtel. Der Kalkputz durfte nicht zu feucht und nicht zu trocken sein.

„Ich glaube, wir können anfangen. Mal du den Hintergrund blau, dann den Esel mit einem hellen Grau. Aber spar die Fläche für das Gewand des Reiters aus."

„Das seh ich schon." Manchmal versuchte Maarten mich zu behandeln, als wäre ich ein dummer Junge, und gab mir übergenaue Weisungen.

Freilich, in der ersten Zeit hatten wir viele Fehler begangen. Einmal war der Mörtel zu feucht und ein andermal zu trocken. Die hellen Farben wirkten auf dem nassen Malgrund dunkel, auf der trockenen Fläche viel zu blaß. Es hatten Erfahrungen gefehlt. Jetzt drängte die Zeit. Huchtenbroek trieb uns an, und die Gesellen waren nervös, deshalb konnte ich Maarten die Schulmeisterei nicht übelnehmen.

Ich bereitete ein tiefes Blau für den Hintergrund und kletterte wieder aufs Gerüst.

Die Deckenbemalung war sehr anstrengend gewesen. Stundenlang mußten wir auf dem Rücken liegen und Wolken malen. Jetzt war es einfacher, und dennoch dehnte sich die Zeit zur Ewigkeit. Ich sehnte mich nach der Mittagspause und hatte doch Angst vor ihr. Würden Gonzalo, Fernando und Cardenio die Wache im Turm Pachecco halten? Würden sie meinen Wunsch erfüllen?

Das Skizzenbuch hatte mir geholfen, die Bekanntschaft der drei spanischen Söldner zu machen.

Sobald ich herausgefunden hatte, daß sich die Gefangenen im Verlies der Bastion Pachecco befanden, hatte ich mich in jeder freien Minute in der Nähe des Turms herumgetrieben. Ich konnte die Wachablösung und die Gewohnheiten der Landsknechte beobachten.

Bei schönem Wetter lehnte der Wachtälteste einer Gruppe, ein Rottmeister, neben dem Eingang zur Wachtstube und ließ sich die Sonne ins bärtige, pockennarbige Gesicht scheinen.

Ich faßte mir ein Herz, nahm Stift und Skizzenbuch und gab ihm zu verstehen, daß ich den tapferen Krieger Albas gern zeichnen wolle.

Ich hatte nicht umsonst mit seiner Eitelkeit gerechnet. Geschmeichelt willigte er ein. Er hieß Fernando, war schon weit herumgekommen und beherrschte ein paar Brocken unserer Sprache. Ich kannte einige spanische Wörter. So verständigten wir uns. Ich versprach ihm sein Bildnis in Öl.

„Die Madonna wird es dir danken", sagte er erfreut und stopfte Zirbelnüsse in die Taschen meines Kittels.

Die Madonna soll Caspar helfen, dachte ich auf dem Gerüst in der Kapelle und drückte den Quast des Pinsels kräftig auf den Malgrund. Er gab zuviel Farbe ab, und ein wenig Grau lief in das Purpurgewand des Reiters.

Ich wollte die Stelle ausbessern, als die Glocke der Kapelle zu wimmern begann. Sie setzte das Zeichen für die Arbeitspause.

Ich kletterte eilig die Leiter hinab und lief zu unserem Wägelchen. Unter der Plane holte ich das für Caspar bestimmte Brot und den Branntwein für die Wache hervor, von Tante Griet säuberlich in ein Tuch geschlagen. Dazu das auf Holz gemalte Bild des Söldners. Damit machte ich mich auf den Weg.

Der Turm Pachecco ist ein fünfgeschossiges Bauwerk. Eine Wendeltreppe, von den Wächtern kontrolliert, führt zu den oberen Geschossen. Ich vermutete, daß der Zugang zu den Kellergewölben nur durch die Wachtstube zu erreichen ist, und sollte recht damit behalten.

Fernando, Gonzalo und Cardenio saßen in Hemdsärmeln in der schmucklosen, grauen Stube beim Kartenspiel. Ihre Harnische lehnten neben den Spießen an der Wand. Auf dem Tisch standen eine Zinnkanne und drei Becher. Ihre Gesichter waren gerötet.

„Da kommt unser Maler", grölte Fernando. Er hatte wohl schon eine Menge getrunken. Das war günstig.

„Ich bring Euer Bild, Herr", sagte ich mit gespielter Schüchternheit.

„Her damit", schrie der Rottmeister und legte die Karten aus der Hand.

Ich wickelte die Tafel aus und hielt sie ins rechte Licht. Fernando starrte auf sein Porträt. Dann schlug er mit der Faust auf den Tisch, daß die Becher sprangen. „Seht hin, ihr Lumpenkerls. Das bin ich, euer Rottmeister. Bin ich nicht ein Bär von einem Mann?"

Ich hatte ihn in der Tat stattlich gemalt. Breitbeinig stand er vor dem Tor, in der Linken den Spieß, in der Rechten das Banner seines Fähnleins. Der Bart umrahmte ein kräftiges Gesicht, das von keiner Pockennarbe entstellt war.

„Wißt ihr, was ich damit mache? Ich schick's meiner Liebsten. Wenn sie das Bild sieht, mag sie keinen anderen."

Er nahm mir die Tafel aus den Händen, hielt sie nahe vor die Augen, brummte zufrieden. „Kannst du uns nicht einmal alle drei zusammen malen? Am Tisch, beim Kartenspiel. Oder besser mit der Waffe. So!" Er riß den Spieß von der Wand, richtete ihn auf mich, als wolle er mich erstechen, und schrie das alte Landsknechtkommando: „Gegen den Feind fället den Spieß!"

Ich sprang erschrocken zur Seite.

Gonzalo und Cardenio stampften vor Vergnügen mit den Füßen auf den Boden.

„Ich bin noch Lehrling, und die Aufgabe ist für mich zu schwierig", stammelte ich. „Aber ich kenne einen Gesellen, der solch ein Bild meisterlich und wohlfeil malen würde."

„Wo ist er? Schaff ihn her, Junge!" Fernando schnaufte außer Atem.

„Er heißt Caspar Franck und arbeitete in unserer Werkstatt. Vor ein paar Tagen wurde er in Gewahrsam genommen. Wahrscheinlich wegen einer Nichtigkeit. Jetzt soll er sich hier im Verlies befinden. Ich möchte ihm ein Brot geben", fügte ich mutig hinzu.

„Ins Verlies kommen nur Ketzer", knurrte Fernando und setzte sich.

„Ketzer?" Ich tat entsetzt.

Wegen des Brotes redeten wir hin und her.

Ich packte den Branntwein aus.

Fernando starrte begierig auf die Flasche. „Gut, ich werd ihm dein Brot bringen."

„Ich möcht's ihm selbst geben."

„Bist sein Freund, eh?"

Ich wickelte die zweite Flasche Branntwein aus dem Tuch. „Ich hab viel von ihm in der Malkunst gelernt. Jetzt tut er mir leid. Vielleicht wird er..." Ich umklammerte mit beiden Händen den Hals und streckte die Zunge heraus wie ein Gehängter.

„Ketzer werden verbrannt", warf Fernando gleichmütig ein.

„Ich möchte ihn gern noch einmal sehen und ihm etwas Gutes tun."

Fernando verständigte sich mit seinen beiden Kumpanen. „Na schön, aber malen mußt du uns. Der dort unten hat Ketten an den Händen. Die können wir ihm nicht abnehmen."

Während er das sagte, zog er die zweite Flasche zu sich heran wie ein Angler, der einen Fisch an der Schnur hat. „Und zu keinem ein Wort. Sonst..." Er blickte bedeutungsvoll nach den Spießen an der Wand.

Ich nickte nur.

Cardenio hatte die erste Branntweinflasche schon geöffnet und reichte sie Fernando. Der Rottmeister trank einen kräftigen Schluck. Dann stand er auf, nahm eine Fackel aus dem Halter an der Wand und entzündete sie über dem Kohlebecken. „Komm!"

Ich drückte das Brot fest an mich, während ich hinter ihm herging. Es war ein rundes, duftendes Brot, von Tante Griet gebacken, ein wenig schwerer als ein Laib dieser Größe zu sein pflegt.

„Gib's nicht aus der Hand", hatte Onkel Arent gesagt, als er mit mir den Plan besprach. „Ich will dir nichts verheimlichen. Der Auftrag ist gefährlich. In dem Brot steckt eine Feile und eine Nachricht für Caspar. Wenn du Angst hast, brauchst du's nicht zu tun."

„Ich will's versuchen."

„Überleg dir's gut, Geert. Du bringst dein Leben in Gefahr."

„Ich versuch es", hatte ich wiederholt.

Ich folgte Fernando durch eine schmale Tür an der Stirnseite der

Wachtstube. Wir stiegen glitschige Stufen empor. Ich zitterte am ganzen Leib. War das Angst? Und immer der gleiche Gedanke: Würde Fernando das Brot prüfen wollen, bevor ich es Caspar gab? Was tat ich dann?

Der Spanier sang leise vor sich hin. Irgendein Landsknechtlied. Ich hoffte auf seine Trunkenheit. „Wein und Branntwein vernebeln den Verstand", sagte Vater immer. Vielleicht wurde Fernando nicht mißtrauisch, weil er zuviel getrunken hatte.

Trotz meiner Erregung achtete ich genau auf den Weg. Ja, ich brachte es sogar fertig, die Stufen zu zählen.

Wir waren genau zwei Dutzend gestiegen und befanden uns wohl in der Höhe des ersten Stockwerkes, als Fernando in einen von der Wendeltreppe abzweigenden Gang einbog.

Nach wenigen Schritten versperrte eine Bohlentür den Weg.

Fernando stieß sie mit dem Stiefel auf. Wenn dies der Zugang zum Gefängnis war, weshalb hielt man die Tür nicht verschlossen? Die Antwort konnte ich mir bald selbst geben.

Wir standen jetzt in einem fast quadratischen Raum mit einem einzigen Bogenfenster. Der Raum war kahl. In einer Ecke lagen Gefäße aus Holz und Ton neben einer wuchtigen Kreuzhaspel. In der Mitte des Raumes war eine mit schweren Schlössern gesicherte Falltür aus rostigen Eisenstäben in den Boden eingelassen.

Fernando drückte mir die Fackel in die Hand, kniete nieder und machte sich an den Schlössern zu schaffen. Er hob das Gitter und ließ es zur anderen Seite fallen. Es prallte hart auf den Steinboden und machte mehr Lärm als ein Schmiedehammer, der auf einen Amboß schlägt.

„Wie heißt der Kerl?" lallte er.

Er war betrunkener, als ich gedachte hatte.

„Caspar Franck."

Der Spanier brummte vor sich hin. „Ruf ihn selbst", sagte er dann und trat zurück. Entweder hatte er den Namen gar nicht verstanden, oder er ging ihm zu schwer von der Zunge.

Ich kniete am Rand nieder, legte das Brot auf den Boden, hielt mich mit der linken Hand an der Steinplatte fest und beugte mich vor. Die Fackel hielt ich mit gestrecktem Arm so tief wie möglich in die Öffnung, aber ihr Schein durchdrang nur schwach die Dunkelheit.

Auch als sich meine Augen an das Licht gewöhnt hatten, ließen sich die Ausmaße des Verlieses nur erahnen. Sicher war, daß die Decke keinen schmalen Schacht, sondern einen großen Raum überspannte, dessen Boden sich nicht in doppelter Manneshöhe, sondern sechs bis acht Klafter tief im Kellergeschoß des Turmes befand.

Tijs und ich waren einmal bei trübem Wasser im Hafenbecken getaucht, wir konnten damals einander nur als schwache Schatten erkennen. So sah ich jetzt die Gefangenen dort unten. Sie lagen, knieten oder hockten und hatten alle ihr Gesicht der Fackel zugekehrt.

„Caspar Franck!" schrie ich aus vollem Halse.

„Geert!" hallte es dumpf herauf.

Er hatte mich erkannt!

Einer der Gefangenen erhob sich, fiel zurück, erhob sich von neuem. Nun stand er, strebte mit eigenartigen, hüpfenden Bewegungen der Mitte zu. „Geert, wie kommst du hierher?"

Sie hatten ihm auch die Hände gefesselt. Nein, ohne Hilfe von außen gab es aus dieser Gruft kein Entrinnen! Die Wache konnte die Tür hier oben ruhig unverriegelt lassen.

„Hast du Neuigkeiten über Wilhelm von Oraniens Heer?"

Fernando hinderte mich an einer Antwort. Seine grobe Hand schlug heftig auf meine Schulter. „Genug!" knurrte er böse, anscheinend plötzlich ernüchtert. Er riß mich von der Öffnung weg.

Geistesgegenwärtig stieß ich das Brot hinunter. „Für dich, Caspar!"

Am späten Nachmittag konnte ich Onkel Arent berichten. „Der einzige Zugang zum Verlies führt über die Wachstube. Der Kerker besitzt keine Treppe. Sie lassen die Gefangenen am Seil einer Kreuzhaspel hinab. Auf dem gleichen Weg erhalten sie offenbar auch ihr Essen." Ich beschrieb ihm alle Einzelheiten.

Onkel Arent hörte aufmerksam und nachdenklich zu. Ich wiederholte das Wichtigste.

„Bist ein kluger, tapferer Kerl."

Ich errötete und war sehr stolz.

„Werdet ihr die Gefangenen befreien? Habt ihr einen Plan? Darf ich dabeisein?"

Der Onkel zögerte mit der Antwort. Er senkte den Kopf. Lauschte er den Kindern, die vor der Fischerhütte spielten?

Die Kinder klatschten im Takt in die Hände, und ihr Gesang drang in die Stube.

Ich hörte Sijmen heraus, hell und frisch. Wie unnatürlich hatte Caspars Stimme dagegen geklungen. Nur ein paar Büchsenschuß entfernt schmachtete er im Verlies, und hier spielten die Kinder unter dem weiten, freien Himmel. Es paßte sowenig zueinander wie der Leichenschmaus zur Trauer. Und da predigt Pater Gregorius, Gott habe alles wohl eingerichtet.

„Hab dich genug der Gefahr ausgesetzt. Das übrige ist Männersache", sagte Onkel Arent im Ton eines Kapitäns, der den Kurs bekanntgibt und keinen Widerspruch duldet. „Hab mir schon Vorwürfe gemacht. Sprich mit niemandem darüber, hörst du!"

„Ich würde gern..."

Der Onkel strich mir über das Haar. „Du bist noch ein Junge."

Wie die Mutter, dachte ich und geriet darüber richtig in Wut.

„Vielleicht später..."

„Ja, später", unterbrach ich ihn beleidigt und zog den Kopf weg. In Gedanken reimte ich einen Vers: „Du bist noch zu klein, um ein Geuse zu sein." Dämlicher Vers!

„Sprich mit niemandem darüber!"

„Den Teufel werde ich", sagte ich und schlug die Tür hinter mir zu.

Die Kinder hüpften im Kreis.
„Hej, noch ein Stückchen weiter
auf der Hühnerleiter,
und wir bleiben stehn!"
Da standen sie, Mayken unter ihnen, hochrot im Gesicht.
„Spiel mit!" rief Sijmen mir zu.
Das hatte mir noch gefehlt. Kreisspiele mit vierzehn! Ich schoß ihm einen wütenden Blick zu. Wer ist man denn mit vierzehn? Kein Mann! Onkel Arent hatte es deutlich gesagt. Aber auch kein kleines Kind. Nicht Fleisch noch Fisch. „Laß mich in Ruhe mit dem Quatsch!"
Sijmen guckte betreten. Natürlich begriff er meine Heftigkeit nicht.
Mayken verließ den Kreis und kam zu mir. Ob sie sich ein bißchen schämte, weil sie bei der Hopserei der Kleinen mitgemacht hatte? Wir gingen ein Stückchen zusammen. Tijs gesellte sich zu uns.

Ich wollte niemandem von meinem Abenteuer erzählen, aber Mayken und Tijs konnte ich es einfach nicht verschweigen. Ich berichtete alles haarklein, tat, als spräche ich vor allem zu Tijs, aber verstohlen beobachtete ich Mayken. In ihren Augen spiegelten sich Anerkennung und Schrecken.

„Mensch, du, wenn dich der Spanier in das Loch gestoßen hätte", sagte Tijs. Er zeigte aber nur einen Augenblick, wie sehr ich in seiner Achtung gestiegen war. Gleich darauf tat er sich groß. Sicher wegen Mayken. Vor Mayken prahlte er gern. „Ich an deiner Stelle hätte einen Dolch unter dem Kittel verborgen und diesen Fernando erstochen, als er die Schlösser öffnete. Dann mit dem Seil hinunter ins Verlies, den Gefangenen die Fesseln abgenommen und..."

Seine Phantasie schoß ins Kraut.

„Red keinen Unsinn", unterbrach ihn Mayken. „Du weißt genau, daß es so nicht geht. Besitzt du denn überhaupt eine Waffe?"

„Nein", sagte Tijs kleinlaut. „Aber wir können uns leicht Waffen beschaffen."

In Gedanken verglich ich Tijs mit einem Schiff bei stürmischem Meer. Es sinkt in ein Wellental und tanzt gleich darauf auf dem Kamm. Richtig vorstellen durfte ich mir so ein schaukelndes Schiff nicht. Ihr wißt schon, weshalb. Ich will auch nur sagen: Tijs war wieder obenauf.

„Wir schleichen uns nachts an einen Posten heran und stehlen ihm das Wehrgehenk, wenn er schläft", schlug er vor.

„Wie der Meisterdieb im Märchen", höhnte Mayken.

„Oder wir überfallen die Wache am Burgkirchentor."

An anderen Tagen hätte ich so einen Gedanken belächelt. Aber Onkel Arent hatte mich wie einen kleinen Jungen behandelt, und mich ritt der Teufel. „Find mal eine schlafende Wache. Die spanischen Offiziere sehen auf Ordnung. Und überfallen? Ich fürchte, die Kerle sind ein wenig stärker als wir. Wenn einer freilich so betrunken ist wie Fernando..."

Tijs griff den Gedanken sofort auf. „Mit einem Betrunkenen würden wir in der Dunkelheit leicht fertig."

„Einzeln gehen sie nicht ins Schankhaus, und sie verlassen es nachts nur in Gruppen", sagte Mayken. „Es sei denn..."

„Was sei denn?" wiederholte Tijs. Wir waren stehengeblieben und hingen an ihrem Mund.

„Es gibt leichtfertige Frauenzimmer. Manchmal geht ein Spanier mit so einer allein mit", erklärte Mayken stockend.

Tijs und ich hatten den gleichen Gedanken. „Würdest du uns helfen, Mayken?"

Sie zögerte.

Nie wäre es mir eingefallen, Mayken einer Gefahr auszusetzen. Heute war ich in einer verrückten Stimmung. Mit Tijs zusammen redete ich auf Mayken ein, bis sie zusagte.

Schon beim Abendessen bereute ich meine Voreiligkeit. Ich brachte kaum einen Bissen herunter. Natürlich wollte ich kein Kind mehr sein und richtig mit einem Degen gegen die Spanier kämpfen, aber dieser Plan war sehr gefährlich.

Am nächsten Tag, nach Arbeitsschluß, auf dem Weg zum Matsysbrunnen überlegte ich krampfhaft, wie ich es anstellen könnte, Tijs von unserem Vorhaben wieder abzubringen.

Tijs stand am Brunnenaufsatz aus rostigen Eisenstäben. Er blickte starr zum Nordturm der Kathedrale. Dohlen umkreisten die Spitze.

„Ob die von dort oben die brennenden Schiffe sehen können?" murmelte er. „Die Geusen haben heute zwei spanische Galeonen in Brand geschossen, draußen vor Fort Liefkenshoek. Kerle sind das, was? Sich so weit die Schelde hinaufzuwagen! Vater und einige andere Fischer haben's gesehen. Ich wünschte, ich wäre dabeigewesen."

In so einer Stimmung bestand wenig Hoffnung, Tijs unseren Plan auszureden. Dennoch versuchte ich es.

„Könnten wir uns nicht auf andere Weise Waffen beschaffen?"

Er wandte mir sein Gesicht zu. Memme, Wetterfahne, Feigling, sagte sein Blick. Ich gab es auf. „War ja nur ein Vorschlag."

Wir liefen durch die Gassen und suchten nach dem Gasthaus „Zum Braven Lämmchen". Es war bekannt, daß dort viele Landsknechte einkehrten.

Wer einen Ort genau kennt, dem fallen auch kleinste Veränderungen auf. Hier war der Eingang zu einer Seilerwerkstatt mit Brettern vernagelt, dort erinnerte ein verrostetes Schild an einen verwaisten Krämerladen. Leerstehende Häuser, dem Verfall preisgegeben.

„Die Stadt verödet wie zur Zeit der großen Pest. Dafür sorgen die Spanier", hatte der alte Melchior gesagt. Gott sei seiner Seele gnädig! Er muß ihm zugetan gewesen sein, denn Melchior war eines natürlichen Todes gestorben, er hätte wegen solcher Worte auch auf dem Scheiterhaufen enden können.

Es wurde dunkler. Über den Türen der Schankstuben schaukelten rote Ampeln.

„Kneipen gibt's genug. Wirte und Huren verdienen in Kriegszeiten

am besten", bemerkte Tijs altklug. „Vielleicht ist es die dort."
Das Bierhaus an der Ecke nannte sich aber „Zum Feurigen Ochsen".
„Ich muß nach Hause!" Wie sollte ich erklären, weshalb ich so spät kam?
Tijs blickte sich um.
Aus dem gegenüberliegenden Haus trat ein hagerer Mann.
„Ich werd ihn fragen." Tijs ging hinüber. Ich lief hinterher. Der Mann schloß das Tor, an dem ein stumpfes Metallschild mit einem gelben Rad auf eine Werkstatt aufmerksam machte. Der Mann war grauhaarig wie mein Vater und trug Handwerkerkleidung. Sicher der Radmachermeister.
„Könnt Ihr uns sagen, wo das ‚Brave Lämmchen' ist?"
Der Meister musterte uns von oben bis unten. Sein Blick wurde böse.
„Was wollt ihr jungen Burschen in dieser Hurenkneipe? Wollt's wohl den Spaniern gleichtun, was? Solltet euch schämen! Ach, was sind das für Zeiten!"
Er spuckte vor uns aus und erschrak im gleichen Moment. „Entschuldigung, die jungen Herren", sagte er überhöflich. „Ich will damit nichts gegen die tapferen Kriegsleute unseres allergnädigsten Königs Philipp gesagt haben."
„Er hat uns für Spitzel gehalten!" meinte Tijs, als wir ein Stückchen weg waren.
„Alle haben Angst", sagte ich und dachte an Vater.
Wenige Ecken weiter fanden wir endlich das „Brave Lämmchen". Eine gewöhnliche Kneipe. Neben der niedrigen Tür eine runde Tafel, von zwei kurzen Ketten an einem Eisenstab gehalten. Die Ampel beleuchtete den in Öl gemalten Tierkopf. Er war grob und unbeholfen in der Darstellung, die Farben nachgedunkelt. Das Werk eines Stümpers. Es hätte ebensogut ein Hundekopf oder ein Schweinekopf sein können.
„Sehn wir uns den Laden ein bißchen an", sagte Tijs.

„Wollen wir hineingehen?"
„Wir warten draußen. Morgen gehen wir auch nicht hinein."
Also morgen schon, dachte ich.
Wir drückten uns in einen Torbogen und beobachteten das Haus. Die Butzenscheiben der Schankstube glühten wie Katzenaugen in der Dunkelheit. Das Schild schaukelte im Wind. Zwei aufgeputzte Weibspersonen trippelten in der Nähe des Eingangs auf und ab. Wir hatten noch nicht lange gestanden, als die Tür aufflog und eine Gruppe von Landsknechten herauskam. Sie machten Lärm für eine ganze Rotte. Einige torkelten. Die Weibspersonen sprachen mit ihnen. Wir konnten nicht verstehen, worüber sie sich unterhielten. Nach einer Weile lösten sich zwei Söldner aus der Gruppe und gingen mit ihnen in anderer Richtung davon.

„Siehst du, so geht es", flüsterte Tijs befriedigt. „Komm! Wir haben genug gesehen."

Wir verließen unseren Platz und trennten uns am Ende der Gasse.

„Morgen, eine Stunde vor Mitternacht an unserer Hütte."

„Wollen wir es uns nicht noch einmal überlegen? Vielleicht..."

„Wenn du Angst hast, geh ich mit Mayken allein."

Sicher wäre uns nach einigem Nachdenken etwas Besseres eingefallen. Die Schmieden in der Stadt wurden scharf beobachtet, aber in einem Dorf hätte man uns vielleicht einen Degen gefertigt. „Wo man eine Tür zumacht, geht eine andere auf", sagt das Sprichwort. Aber Tijs hatte sich in den Plan verrannt, und ich selbst hatte dabei Pate gestanden.

„Nein, nein, ich komme", versicherte ich hastig.

In der nächsten Nacht stahl ich mich aus meiner Kammer. Ich trug die Holzschuhe in den Händen und mied alle Stufen, die knarrten. Mutter hatte einen leichten Schlaf.

Draußen jagten Wolken über den Himmel. Wenn sie den halben Mond nicht verdeckten, war es recht hell. Am Tage hatte es geregnet. Ich lief auf Strümpfen bis ans Ende unserer Gasse, patschte in Pfützen.

Zwei Jahre vor dieser Nacht hatte Jan ein dreijähriges Mädchen aus dem eiskalten Novemberwasser des Hafenbeckens gerettet. Es hatte beim Spielen nicht achtgegeben. Das ganze Viertel lobte damals seine mutige Tat.

„War das Wasser nicht kalt?" hatte ich gefragt.

„Quatsch, das spürst du in diesem Moment gar nicht. Du hast keine Zeit, das zu bemerken."

Mir ging es genauso. Die Aussicht, vielleicht den Degen eines Spaniers zu erbeuten, ließ mich das Wagnis nun doch vergessen. Meine Strümpfe waren pitschnaß, aber ich achtete nicht darauf. Ich fror nicht, obwohl der Wind durchs Wams pfiff. Ich schritt hastig aus, paßte aber auf, daß ich keiner Wache in die Arme lief. Es bestand kein Ausgehverbot mehr, aber die Söldner konnten nach dem Woher und Wohin fragen.

Vor Onkel Arents Hütte brauchte ich nicht lange auf Tijs und Mayken zu warten.

Tijs trug einen Eisenstab bei sich.

Ich wog den Stab in der Hand. „Sehr schwer. Damit schlagen wir ihn tot."

„Und wennschon. Die haben genug Niederländer auf dem Gewissen", knurrte Tijs ungerührt.

Ich dachte an die Gehängten an den Kranbalken, an Scheiterhaufen, an die Gefangenen in der Zitadelle und im Steen. Ich sah Caspars Bilder vor mir. Tijs hatte recht. „Du sollst nicht töten", befiehlt ein Gebot, das mich Pater Gregorius gelehrt hatte. Die Spanier aber mordeten im Namen des Kreuzes und des Königs. Dennoch widersprach ich Tijs. „Ich will niemanden hinterrücks erschlagen."

Mayken sprang mir bei. „Sie könnten sich für die Ermordung eines Söldners bitter rächen. In Hulst haben sie im Juni zwanzig Geiseln für einen getöteten Spanier genommen und hingerichtet."

„Sie werden nicht herauskriegen, wer ihn getötet hat", wandte Tijs etwas unsicher ein.

„Wenn wir die Stange mit einem Lappen umwickeln, wird ihn der Schlag nur betäuben."

Maykens Vorschlag erleichterte mich ein wenig, und ich schaute sie dankbar an.

Mayken sah richtig aufregend aus, anders als sonst. Nicht wie ein Mädchen, wie eine richtige Frau. Was sage ich Frau, wie eine vornehme Dame. Zu ihrem Sonntagsstaat trug sie das dunkle Schleiertuch, das Tante Griet zwei Jahre zuvor von Mutter geschenkt bekommen hatte. Bei der Tante hatte ich das Tuch nie gesehen. Es verhüllte Maykens Kopf und den größten Teil ihres Gesichts und ließ nur eine blonde Haarsträhne frei. Sie wirkte erwachsen wie eine Zwanzigjährige.

„Du siehst schön aus", sagte ich bewundernd.

„Du schaffst es bestimmt, daß ein Spanier mitgeht", fügte Tijs hinzu. Mayken lachte. Es klang gezwungen.

Tijs holte zwei Lappen. Wir umwickelten die Eisenstange damit, und Tijs verbarg sie unter seinem Wams. Dann zogen wir los.

Die Stadt lag still. Nur von der Schelde tönte ab und an das Signal eines Schiffes.

In der Nähe des Burgkirchentores hörten wir das Auf und Ab der Wache. Die Nagelstiefel hämmerten gleichmäßig auf das Kopfsteinpflaster, als schlüge ein Trommler den Takt.

Kurz vor dem „Braven Lämmchen" taumelten uns zwei betrunkene Seeleute entgegen.

Zum Glück verhielten sich die beiden Kerle iriedfertig. Sie torkelten weiter und verschwanden um die Ecke.

Wir atmeten auf.

Aus dem „Braven Lämmchen" drang gedämpfter Lärm.

Wir drückten uns in den Torbogen, während Mayken die Gasse überquerte.

Alles war wie am Vorabend. Aber heute hieß die Frau am Eingang zum Schankhaus Mayken, und mein Herz schlug mindestens dreimal so heftig wie gestern.

Soll ich es Glück oder Pech nennen, daß wir nicht lange zu warten brauchten? Ich blickte einen Moment zum Himmel und beobachtete, wie der Mond hinter einer dicken Wolke hervorkroch.

Tijs zog mich aufgeregt am Ärmel. Drei Söldner waren aus der Tür getreten.

„Von der verfluchten Ordonnanzkompanie."

„Seh ich allein", flüsterte ich zurück.

Alle fürchteten und haßten die Rotröcke, wie man sie wegen ihrer rostroten Kleidung nannte. Caspar hatte sie auf seinen Bildern nicht vergessen. Die Söldner von der Ordonnanzkompanie Albas fehlten selten bei einer Greueltat. Bei Hinrichtungen gehörten die berittenen Rotröcke zur Begleitung des Schinderkarrens. Sie schützten die Henkersknechte und hieben erbarmungslos auf Neugierige und Mitleidige ein, wenn sie sich zu nahe heranwagten.

Die Söldner redeten laut mit Mayken und lachten.

Was sollten wir unternehmen, wenn sie sie wegschleppten? Gegen drei waren wir machtlos.

Sie gingen zu viert ein Stück die Gasse hinunter. Die Federbüsche auf ihren Baretts wippten wie Vögel, die davonfliegen wollten. Dann blieben zwei Knechte zurück, machten kehrt und verschwanden in der entgegengesetzten Richtung.

Mit dem dritten ging Mayken langsam weiter.

„Ihnen nach", sagte Tijs, „aber leise!"

Er hatte die Holzschuhe mit Lappen umwickelt. Ich trug meine in der Hand.

Wir strichen an den Häusern entlang, eine unnötige Vorsicht. Der Söldner achtete weder auf die Umgebung noch auf den Weg. Seine Beine zogen ihn einmal nach links und einmal nach rechts. Manchmal blieb er wie ein störrischer Esel stehen. Dann rülpste er lauter als Jan, der es im letzten Sommer von uns allen am lautesten gekonnt hatte. Er legte seinen Arm um Maykens Schultern und stützte sich auf sie wie auf den Ladestock einer Muskete.

Wir wurden kecker und gingen auf der anderen Seite der Gasse, so daß wir ihn von der Seite sehen konnten.

Am Bandelier, das sich straff über Rücken und Brust spannte, baumelten Pulverhorn und Kugelbeutel. Weiß der Himmel, weshalb er das mitschleppte, denn die Reiterpistole fehlte. Dafür trug er einen kurzen Dolch und einen Degen im Wehrgehänge.

Mayken zog ihn mit sich in Richtung Schelde. Nicht hinaus zu der Siedlung. Wir durften die Fischer nicht gefährden, wenn der Überfall entdeckt würde. Wie abgesprochen, führte sie ihn auf den Weg zum Hauptanlegeplatz. Wir waren jetzt direkt hinter den beiden. Der Rotrock stolperte.

Ein günstiger Augenblick! Wir sahen uns nach allen Seiten um, Tijs flüsterte: „Keine Wache in der Nähe!"

Ich nickte ihm zu. Er hob den Arm, schlug zu. Einmal, ein zweites Mal.

Der Landsknecht kippte nach vorn. Ohne einen Laut brach er zusammen und fiel aufs Gesicht.

Wir wälzten ihn auf den Rücken.

Ich nahm Pulverhorn, Kugelbeutel und Dolch, Tijs den Degen.

Der Söldner stöhnte. Es beruhigte mich, daß er nicht tot war. Ich weiß nicht, warum. Um so einen Verfluchten von der Ordonnanzkompanie ist es nicht schade.

„Den Rock auch", flüsterte Tijs.

„Unsinn! Was willst du damit?" fragte Mayken. Wir hatten sie in diesem Moment beide vergessen.

„Den Rock auch", beharrte Tijs.

Wir zogen ihm also das Lederkoller und den verhaßten braunroten Rock aus. Tijs griff nach dem Barett. Dann liefen wir davon. Wir hatten unsere Waffen!

Später, als wir uns trennten, nahm Tijs alle Sachen an sich. „Ich verstecke sie unter dem Dachboden. Und zu keinem ein Wort!"

„Zu keinem ein Wort!" schworen wir einander.

Ich glaube, Tijs war sehr stolz auf den Streich. Jedenfalls erzählte er drei Tage später doch alles seinem Vater.

Ich hatte Onkel Arent noch niemals so wütend gesehen. Er hielt uns eine gehörige Standpauke. „Seid ihr denn von allen guten Geistern verlassen? Setzt euer Leben wegen eines Degens aufs Spiel? Und bringt andere in Gefahr. Ihr liefert den Spaniern nur einen Vorwand, neue Mordtaten in Antwerpen zu begehen. Habt ihr das bedacht?"

Tijs versuchte sich zu rechtfertigen. „Die Geusen kapern und versenken spanische Galeonen. Wir rauben einem Spanier die Waffen. Ist da ein Unterschied?"

„Du vergleichst den Biß eines Wolfes mit einem Mückenstich, Junge. Mückenstiche jucken ein wenig, aber Wölfe sind gefährlich. Die Geusen bringen den Spaniern kräftige Wunden bei. Eines Tages werden sie daran verbluten. Was ihr getan habt, ist sinnlos. Man muß sein Leben für eine wichtige, große Sache wagen, nicht für einen Streich."

So redete der Onkel auf uns ein.

Wir schwiegen kleinlaut.

„Es war dumm von uns", sagte ich und schluckte hinunter, daß ich von Anfang an nicht so recht dafür gewesen war.

„Lederkoller, Bandelier und Rock hat Vater übrigens an sich genommen", erzählte Tijs, schon wieder ganz munter.

„Wozu?"

„Hast du noch nichts von Kundschaftern im feindlichen Lager gehört?"

„Und den Degen?"

„Den hab ich in meinem Zimmer versteckt. Morgen beginnen wir mit Fechtübungen. Du nimmst einen Stock und ich den Degen."

Ich protestierte. „Den Stock nimmt der Kräftigere."

„Natürlich wechselt ihr", schlichtete Mayken.

Die Räderuhr am großen Turm von Onze Lieve Vrouwe Kerk stand eines Tages still. Vater wußte von Pater Gregorius, daß nach einem Meister in Brüssel gesandt worden war, da es in ganz Ant-

werpen keinen Uhrmacher mehr gab.
 Mochte sie stillstehen. Ich brauchte sie nicht.
 Die Erwachsenen möchten die Zeit immer genau messen, vor allem Vater. „Ich halte auf Pünktlichkeit", sagte er dreimal am Tag. „Komm pünktlich zum Essen, Geert!" oder „Sei pünktlich bei der Arbeit!" Vater besaß seit einiger Zeit eine kleine Taschenuhr, nicht größer als ein Ei. Da schaute er alle naselang drauf, und wehe, der Geselle, Mutter oder ich verspäteten sich.
 Ich halte Uhren für unnütze Instrumente. Können sie die Zeit überhaupt richtig messen? Ich meine nicht, daß die eine Uhr manchmal zu früh und die andere zu spät die Stunde schlägt. Ich meine, einmal denkt man, der große Zeiger müsse sich schon zehnmal ums Zifferblatt gedreht haben, und dabei hat er noch nicht einmal einen ganzen Kreis beschrieben. Stunden und Tage gibt es, die fließen so langsam und träge dahin wie die Schelde in einem trockenen Sommermonat. Dann wieder folgen Zeiten, in denen sich die Ereignisse überschlagen. Eins jagt das andere, und die Uhrzeiger rennen schneller als die Postpferde des Herrn von Taxis. Das meine ich. Die letzten Novembertage waren verhext. Ich kam aus den Aufregungen nicht heraus.
 In den Nächten nach dem Überfall auf den Spanier plagten mich schwere Träume. Einmal wuchs der Söldner zur Größe eines Riesen. Er lehnte mit dem Rücken an einer Wand und hatte uns das Gesicht zugekehrt. Eine Teufelsfratze von Gesicht. Tijs holte mit der Stange aus, aber der riesenhafte Landsknecht lachte höhnisch. Tijs ließ die Stange kraftlos fallen, und wir liefen davon. Ich fühlte mich klein wie ein Zwerg, die Beine versagten mir den Dienst. Schon schwebte der Stiefel des Söldners dicht über mir. „Komm doch", rief Tijs, und dann pfiff er: lang, kurz, kurz, lang.
 Ich erwachte schweißgebadet. Wieder der Pfiff, lang, kurz, kurz, lang. Ganz deutlich. Ich kniff mich in den Arm. Träumte ich? Verflixt, nein, das war das alte Verständigungszeichen zwischen Jan und mir.

Ich stolperte zum Fenster und riß es auf.
Der Mond leuchtete in die Gasse. Aus dem Schatten des gegenüberliegenden Hauses trat eine Gestalt. Jan, tatsächlich!
Leise schloß ich das Fenster und lauschte zur Treppe. Alles war still. So stieg ich barfüßig die Treppe hinab, schob den Riegel von der Haustür zurück und drehte den Schlüssel im Schloß. Zum Glück hatte ich es vor ein paar Tagen gefettet, es knarrte nicht.
Jan schlüpfte durch die Tür.
Ich nahm ihn bei der Hand. Wie Katzen schlichen wir uns in meine Kammer.
Als die Ölfunzel brannte, konnte ich Jan endlich betrachten. Ich erschrak über seine Kleidung, schäbige Bauernkleidung, wie sie Landleute bei der Feldarbeit tragen: ein verwaschener Kittel, mit Flicken besetzt, löchrige Beinlinge, Bundschuhe. Und sein Gesicht ängstigte mich. Rund und voll war es nie gewesen, aber auch nie so eingefallen und durchsichtig wie jetzt. Die Backenknochen traten hervor, und durch die hohlen Wangen hätte der Wind blasen können. Eine klapperdürre Gestalt aus dem Bild von der mageren Küche, das eine Zeitlang im Schilderpand gehangen hatte.
„Wo kommst du her?"
„Kannst du mir etwas zu essen geben?"
Ich stieg in die Küche hinunter und holte aus der Vorratskammer, was ich erwischen konnte: Brot, ein Stück Speck, eine Zwiebel, ein paar Äpfel.
„Hat dich jemand gehört?" fragte Jan, als ich zurückkam. „Es darf niemand wissen, daß ich hier bin."
„Schon gut", sagte ich, „alles in Ordnung."
Er begann zu essen, hastig, ohne zu sprechen. Als der ärgste Hunger gestillt war, kaute er langsamer, und dazwischen bemühte er sich, mir das Nötigste zu erklären.
Ich löschte die Lampe.
Jan zog Rock, Wams und Bundschuhe aus. Er legte sich neben mich aufs Bett und erzählte, wie er von zu Hause weggelaufen war.

Weit, ganz weit, bis nach Deutschland, bis ins Kurfürstentum Trier. Dort war Wilhelm von Oranien dabei, sein Heer zu sammeln. Jans Erzählung wurde vor meinen Augen lebendig.

Ich sah ein riesiges Lager mit Wagen und buntbewimpelten Zelten. Fast dreißigtausend Mann, Reiter, Roßknechte, Marketenderinnen.

Jan vor einem kleinen Söldnerführer mit blitzenden Augen und roten Backen. Sie sehen aus wie aufgeplatzte Kirschen, denn über jede Backe läuft eine Narbe mit wulstigen Rändern. Bällchen nennen ihn die Knechte, weil er dick und rund ist wie ein Ball und nicht stillstehen kann. Bällchen zwirbelt den Bart und springt um Jan herum. „Jung, aber kräftig", kräht er. „Wir können dich brauchen. Handgeld bekommst du später." Und zum Feldwaibl: „Der Junge bleibt in unserem Haufen."

Jan mit Helm und Spieß unter den Pikenieren in der warmen Septembersonne auf dem Exerzierplatz. Kommandorufe: „Euren Spieß aufwärts traget! Euren Spieß fället!"

„An einem Septembermorgen brach die Armee mit fliegenden Bannern und Trompetenschall auf", erzählte Jan stockend. „Dreißigtausend! Ein riesiger Zug aus Reiterei, Fußvolk und Troß wälzte sich über Ebenen, kroch Hügel hinauf und verschwand in Tälern.

Ich marschierte neben dem Fähnrich. In seine Fahne war ein seltsames Bildnis eingestickt: ein Pelikan, der sich die Brust aufreißt, um mit seinem Blut die Jungen zu tränken. ‚Unser Blut für die Freiheit der Niederlande', sagte das Bild. Ich und die anderen Niederländer verstanden es gut. Aber die Schweizer und Deutschen in der Armee, die für Sold der Fahne nachzogen, verstanden es nicht." Jans Stimme klang bitter.

„In einer hellen Mondnacht durchwatete die ganze Armee die Maas. Uns reichte das Wasser fast bis an den Hals. Wenn die Spanier uns jetzt angegriffen hätten...!" Er machte eine Pause. „Aber der Angriff blieb aus. Niemand ertrank. Wir standen an der Grenze zu Brabant!

Ich glaube, der siegreiche spanische Herzog Alba erschrak zum ersten Mal vor seinem Gegner", meinte Jan. „Aber Alba ist nicht nur wild und grausam, sondern auch klug. Länger als drei Monate konnte Oranien seine Söldner nicht bezahlen. Das wußte Alba. So wich er jeder Schlacht aus. Wie ein Schatten folgte er uns, schützte die wichtigen Städte und vermied den offenen Kampf. Sein Plan war wohldurchdacht, denn Oraniens Kasse schmolz schneller als das Eis der Schelde nach dem Winter. Die deutschen und Schweizer Söldner meuterten. Dann kam der Hunger. Die Bauern verschlossen ihre Türen und versteckten Vieh und Getreide. Herzog Alba hatte ihnen verboten, an Oraniens Truppen Lebensmittel zu liefern. Aus Furcht hielten sie sich an den Befehl.

Ein Katzenkadaver wurde uns zum Sonntagsschmaus, Hundefleisch zum Festtagsbraten." Ich schüttelte mich.

„Und dann kam es zum Kampf. Es sollte kein Scharmützel werden, wie es die meisten von uns schon erlebt hatten. Diesmal wurde es bitterer Ernst." Atemlos lauschte ich den leisen Worten Jans. „Das Tal, in dem wir einige Tage gelagert hatten, war plötzlich schwarz von Albas Söldnern. Und die Spanier drangen vor, durchbrachen unsere Reiterei und stürmten den Hügel hinauf. Schon waren die ersten heran. Das Durcheinander war grenzenlos. Niemand sah mehr den anderen.

Der Kampf war schnell zu Ende. Alles wandte sich zur Flucht, in Richtung Fluß. Die Spanier folgten den Haufen und metzelten jeden nieder, den sie erreichen konnten.

Ich hatte mich neben einem Pferdekadaver fallen gelassen und war jetzt für kurze Zeit unbeobachtet", berichtete Jan weiter. „Ich überlegte nicht lange und zog einem toten Spanier den Helm vom Kopf und setzte ihn auf. Dann kniete ich mich über ihn. Das sah sicher so aus, als beschäftigte ich mich mit einem Verwundeten. Ich nahm ihm den Feldharnisch ab und legte ihn an. Als Spanier verkleidet, kam ich wie durch ein Wunder vom Schlachtfeld und schleppte mich in einen Wald. Im Kampf war ich verwundet worden, jetzt erst bemerkte ich es. Der rechte Arm blutete, und ich fühlte mich sehr schwach. Helm und Harnisch hatte ich längst abgeworfen, als ich hinter den Bäumen endlich einen Weiler sah, ein, zwei Meilen entfernt. Es war dunkel, als ich die erste Kate erreichte. Vor der Tür sank ich zusammen. In der Hütte lebten zwei alte Leutchen. Sie pflegten mich gesund", schloß Jan müde seine Erzählung.

„Daher die Bauernkleidung."

„Ja, sonst wäre ich wohl kaum bis hierher gekommen."

„Und was ist aus Oraniens Armee geworden?"

„Die Armee besteht nicht mehr", sagte Jan bitter. „Hat sich in alle Winde zerstreut."

Wir schwiegen.

Ich lag mit offenen Augen. Gut, daß es stockdunkel war und Jan die Enttäuschung in meinem Gesicht nicht sehen konnte. Ich überlegte. Würde Vater frohlocken? Er sprach von Oraniens Ketzerrotten. Und Onkel Arent? Er hatte am Erfolg von Oraniens Söldnerheer immer gezweifelt, aber herbeigewünscht hatte er ihn trotzdem. Und ich? Ich mußte mir alle Mühe geben, Jan meine Niedergeschlagenheit nicht merken zu lassen.

„Was wirst du jetzt machen?"

„Ich gehe zu den Geusen, vielleicht nach England." Jan wußte immer, was er wollte. „Vorher möchte ich Mutter noch einmal sehen. Ich wage nicht, unser Haus zu betreten. Vielleicht wird es beobachtet. Die Spanier hängen jeden Teilnehmer an Oraniens Feldzug, den sie erwischen. Kannst du Mutter benachrichtigen?"

Wie anders hatte ich mir Jans Rückkehr vorgestellt. Nun kam er nicht als Sieger, sondern als Flüchtling. Und doch bewunderte ich seine Tapferkeit. Ich wäre aus der Schlacht bestimmt nicht mit dem Leben davongekommen. Ich war damals nicht sehr mutig. Wenn Mutter ein Huhn schlachtete oder die Weihnachtsgans ausnahm, lief ich aus der Küche. Um große Hunde machte ich einen Bogen, und an das Meer durfte ich gar nicht denken. Aber ich wollte ja auch kein Seemann und kein Kriegsmann, sondern Maler werden. „Maler sind empfindsame Leute", hatte Huchtenbroek einmal gesagt. Aber Angst hin, Angst her, Freunde wie Caspar Franck oder Jan lasse ich natürlich nicht im Stich. Da braucht es keine großen Worte.

„Ich rede mit deiner Mutter und mit Onkel Arent. Sicher kann er dir helfen. Bis dahin mußt du dich verstecken."

„Aber wo?"

Ich überlegte nicht lange. „Du bleibst in unserem Haus. Hier vermutet dich niemand."

Jan war todmüde, aber noch durfte er nicht schlafen.

Wir schlichen uns auf den Boden. Hier stand eine Menge Gerümpel aus Großvaters Zeiten, zwei alte Truhen, ein wurmstichiger Schrank, ein zerbrochenes Spinnrad und anderer Kram. Dicht unter dem First hatte Großvater seinerzeit Bretter eingezogen, um mehr Platz zu schaffen. Früher wurden dort Gartengeräte, Angelruten, Schuhwerk und anderes Zeugs aufbewahrt. Tijs und ich hatten das eines Tages alles ausgeräumt und von dem Verschlag Besitz ergriffen. Unser Turmzimmer. Stundenlang hockten wir dort. Damals bin ich acht Jahre alt gewesen und Jan zehn, und niemand vermutete uns hier. Manchmal suchten sie mich im ganzen Haus, aber hier nicht. Hier würde auch Jan niemand finden.

Ich holte die Leiter. Sie stand noch an der alten Stelle, eingestaubt und voller Spinnweben.

Jan kroch hinauf. „Das Stroh ist noch da", sagte er.

Ich kramte aus der Truhe eine mottenzerfressene Decke und ein paar Lumpen hervor und gab sie ihm. „Hoffentlich ist es nicht zu kalt. Zwei Tage wirst du es vielleicht hier aushalten müssen. Morgen früh bringe ich dir zu essen."

Jan sagte nichts mehr. Er war wohl auf der Stelle eingeschlafen.

Gott hört und sieht alles, sagte Mutter zu mir, als ich klein war, und sie hat es oft wiederholt.

Als Sechsjähriger hat man unsinnige Wünsche. Tijs wollte einmal

Kaiser von Neuindien werden und Jan wie ein Vogel fliegen können. Ich wünschte mir damals Gottes allsehendes Auge und sein erstaunliches Gehör. Ich probierte das Glas eines Linsenschleifers und das Hörrohr meines Großvaters, doch beides verlieh diese wunderbaren Eigenschaften nicht. Aber selbst wenn ich in dieser Nacht den Lärm, die Trommeln, die Schritte und Alarmrufe in der Zitadelle gehört hätte, wenn mein Blick durch die Mauern der Feste gedrungen wäre, hätte ich Caspar nicht retten können.

Natürlich bemerkte ich am nächsten Morgen auf dem Weg zur Zitadelle, daß etwas Besonderes geschehen sein mußte. In der Stadt wimmelte es von spanischen Patrouillen. Die Wache am Tor kontrollierte mich streng und unfreundlich. Ein Söldner begleitete mich bis zum Eingang der Kapelle. Auch hier standen Posten.

„Arbeiten wir jetzt unter Bewachung?" fragte ich Norbert.

Er stand vor dem „Einzug Jesu in Jerusalem", den Pinsel in der Hand. Er war allein. Huchtenbroek lag mit einer Erkältung im Bett, und der lange Maarten und Pieter waren von ihm beauftragt worden, Farben zu kaufen.

„Es muß eben sein", antwortete Norbert.

Die Antwort machte mich wütend. Würde Alba befehlen: Freßt am Sonntag Gras und klettert am Dienstag auf Bäume, Norbert hätte es für richtig gehalten. Und ihm, nicht Maarten, war vom Meister die Aufsicht über die restlichen Arbeiten übertragen worden. Zum Glück blieb nicht mehr viel zu tun. Wir bauten schon die Gerüste ab und besserten schadhafte Stellen an den Fresken aus.

Ich preßte die Lippen zusammen, damit mir keine dumme Bemerkung herausrutschte.

„Sie werden die Banditen schon noch erwischen", fuhr Norbert fort.

„Wen?" fragte ich und ahnte auf einmal, was kommen würde.

Norbert drehte sich zu mir um. Richtig ansehen konnte er niemanden, aber diesmal gab er mir die Ehre, mich wenigstens kurz zu mustern. Neugierig, ungläubig und auf unangenehme Weise forschend, fragte er: „Hast du wirklich nichts gehört?"

Ich schüttelte den Kopf. Sprechen konnte ich nicht. Mein Gesicht brannte feuerrot, und meine Kehle war verstopft wie das Pumpwerk einer Wasserkunst, in dem eine riesige Kröte sitzt.

„Die Gefangenen aus dem Turm Pachecco sind entflohen. Man hat sie befreit."

In meinen Ohren sauste das Blut. Norbert schüttete eine Menge Einzelheiten über mich aus, aber ich verstand nur Bruchstücke: „Bestochene Wachen, Ketzerstreich, ein Geuse in der Kleidung der Ordonnanzkompanie, Strickleiter an der Nordmauer." Während er redete, hatte ich nur einen Gedanken. „Was ist mit Caspar?" würgte ich endlich hervor.

„Tja, Caspar", sagte Norbert gedehnt, und wieder traf mich dieser lauernde, mißtrauische Blick.

„Red schon!" drängte ich.

„Er war dein guter Freund, Kleiner, nicht wahr?"

Ich blieb stumm.

„Leider hat's ihn erwischt. Er kletterte als einer der letzten die Strickleiter hoch. Da war schon Alarm gegeben, und die Wachen hatten die Flüchtlinge entdeckt. Caspar bekam einen Spieß in den Rücken." In Norberts Stimme klang Triumph und Hohn, kein Mitleid. Fast wäre ich ihm an die Kehle gesprungen. Ich unterließ es nicht aus Feigheit. Es gibt Augenblicke, in denen das Gefühl die Vernunft ausschaltet. Jeder kennt das. Bei Gott, ich hätte ihn erwürgen können. Aber der Schmerz machte mich kraftlos. Caspar! flüsterte ich, und Tränen traten in meine Augen.

„Wie viele sind entkommen?"

„Der größte Teil, über zwanzig. Aber sie werden sie erwischen. Sie werden auch ihre Helfer erwischen. Und dann gnade ihnen Gott!"

Gott möge sie schützen, dachte ich.

Der lange Maarten kam zusammen mit Pieter. Sie waren auf dem Weg mehrmals aufgehalten worden.

Norbert teilte ihnen seine Neuigkeiten mit, aber bei der Arbeit hielt er sich in meiner Nähe und lenkte das Gespräch wieder auf die

Flucht. „Vielleicht hatte jemand von den Wächtern die Hand im Spiel? Warst du nicht einmal in der Wachtstube vom Turm Pachecco?"

Norbert spionierte mir also nach. Verfluchter Schnüffler! Ich war auf der Hut. Leugnen würde ihn nur noch mißtrauischer machen. „Einmal sprach mich ein Spanier an. Er hieß Fernando und wollte sich malen lassen. Ich hab's versucht und besuchte ihn ein- oder zweimal in der Wachtstube", sagte ich gleichmütig und beschrieb ihm mit Eifer das Bild. „Er gab mir einen ganzen Philippsgulden und eine Handvoll Zirbelnüsse."

Mehr bekam er nicht aus mir heraus. Jetzt war ich felsenfest davon überzeugt, daß Norbert ein Spitzel war. Was wußte er von mir? Hatte er bei der Inquisition gegen Caspar ausgesagt? Unwillkürlich brachte ich sein Schicksal mit Norbert in Verbindung und hatte alle Mühe, ihm nicht zu zeigen, wie ich ihn haßte und verabscheute. Wenn doch der verdammte Tag schneller verginge. Ich wollte allein sein, Caspars Bilder betrachten, richtig heulen können oder mit Onkel Arent sprechen, aber es gab keinen Vorwand, die Kapelle vorzeitig zu verlassen.

Erst in der Dämmerung kam ich in die Fischersiedlung.

„Onkel Arent ist draußen", begrüßte mich Tante Griet.

Draußen bedeutete irgendwo auf der Schelde oder dem Meer. Das waren für sie Unruhe und Warten, schlaflose Nächte und das Lauschen auf die Tritte schwerer Fischerstiefel.

„Da, iß einen Apfel." Tante Griet nickte mir freundlich zu. Sie gab mir immer irgend etwas, ein Stück Räucherfisch, ein Glas Milch und manchmal, wenn sie nichts anderes hatte, einen Kanten Brot.

Tijs trat in die Küche und begrüßte mich.

„Wir gehen in den Schuppen", forderte er mich auf.

Dort hingen in jeder Ecke Erinnerungen wie Spinnweben. Zwischen Korbreusen, Kisten und Heringstonnen hatten wir Verstecken gespielt. Wir waren in die leeren Fässer gekrochen und hatten tagelang nach Pökelhering gestunken. Mit drei Jahren war ich in ein aufgespanntes Netz gerannt, hatte es im Fallen herabgerissen, und erst Tante Griet hatte mich befreit. Jetzt fühlte ich mich genauso elend wie damals.

„Weshalb mußte gerade Caspar sterben, Tijs?"

Manchmal stellt man Fragen, die niemand beantworten kann.

Wir hockten auf zwei umgestülpten Kisten, beide in der gleichen Stellung, die Arme um die angezogenen Knie geschlungen, und ich sah keinen Grund, meine Tränen zurückzuhalten.

Tijs wußte alles und versuchte, mich aufzumuntern.

„Immerhin sind fast zwei Dutzend entkommen. In der Nacht und am Morgen lag dichter Nebel über der Schelde. Heute früh haben die Spanier die ganze Fischersiedlung vergeblich nach Flüchtlingen durchsucht."

Ich erschrak. „Jan ist bei mir. Wenn sie unser Haus auch durchstöbern, dann finden sie ihn."

Tijs machte große Augen. Ich erzählte ihm hastig das Wichtigste.

„Bei dem hochgeschätzten Goldschmied Rupert Gansfoort vermutet niemand flüchtige Ketzer", sagte er dann bestimmt. Bei euch ist er erst mal sicher. Und heute abend werde ich mit Vater reden. Vielleicht ist es besser, du kommst in den nächsten Tagen nicht hierher. Wir treffen uns morgen nachmittag nach deiner Arbeit am Matsysbrunnen."

Von Tante Griet holte Tijs noch zwei dicke Räucheraale. Sie glänzten, als habe sie der Fischhändler gerade frisch mit Öl eingerieben. „Für Jan. Und grüß ihn von mir."

Ich verstaute sie unter meinem Mantel und machte mich auf den Heimweg.

Beim Abendessen wurde über die Flucht der Gefangenen gesprochen. Ich blieb wortkarg und ging bald in meine Kammer. Als im Hause alles still war, schlich ich mich auf den Boden.

Jan kletterte steif aus seinem Verschlag und streckte Arme und Beine. „Mir tun die Knochen weh", sagte er, aber er lächelte.

Nachdem er gegessen hatte, hockten wir noch lange zusammen.

Der Wind pfiff durchs Gebälk. In einer Ecke raschelten Mäuse. Wir drückten uns eng aneinander, und ich erzählte von Caspar und zeigte seine Bilder, nur ein paar Minuten, denn länger wagte ich es nicht, die Funzel hell zu stellen. Als er die „Ermordung der Einwohner eines Dorfes" betrachtete, meinte er: „Ich werd es immer vor mir sehen, wenn ich als Seegeuse gegen die Spanier kämpfe."

Zwei Tage später verkündeten Stadtherolde unter Trommelwirbel und Trompetenschall, Herzog Alba wolle nach seinem Sieg über die Rebellen feierlichen Einzug halten in seiner Stadt Antwerpen.

In der folgenden Nacht ging Jan zu Onkel Arent.

Ich begleitete ihn bis zum ersten Haus der Fischersiedlung.

„Morgen bin ich in England. Du wirst bald nachkommen, Geert. Hier kann man nicht leben."

„Vater verläßt Antwerpen nie, und ohne ihn kann ich nicht fort", antwortete ich.

Aber es sollte anders kommen. Kann man in die Zukunft sehen? Auch beim Glockenläuten in der Silvesternacht, wenn viel über Vergangenes und Zukünftiges nachgedacht wird, kann man das nicht.

Auf dem Weg zur Mitternachtsmesse sprachen Mutter und Vater von den Plänen für das neue Jahr. Das ist so üblich, und dann wird meist nichts daraus. „Nimm dir auch etwas Rechtes vor, Geert!"

Ich nickte, aber ich dachte an Caspar und an Jan.

In Onze Lieve Vrouwe Kerk predigte der Bischof: „Dankt Gott für die väterliche Fürsorge, die der große Herzog Alba seinen lieben Niederländern angedeihen läßt." Der Bischof war dick und rot im Gesicht und rang nach Luft. Mitten in der Predigt fiel er plötzlich um. Der Meßdiener holte ihn von der Kanzel, und es hieß, er sei tot. Das gab eine Aufregung! Viele nahmen es als böses Zeichen fürs neue Jahr.

Wir waren auch im Januar mit den Vorbereitungen für den Besuch Albas beschäftigt. Vater arbeitete an einem kostbaren Geschmeide, ein Geschenk des Rates an die Spanier. Ein jeder mußte sein Haus mit Girlanden und bunten Teppichen schmücken.

Wir strichen aus Holz und Pappe gezimmerte Triumphbögen zwischen Georgstor und Großem Markt. Es war hundekalt. An den Traufen der Dächer glitzerten Eiszapfen, so dick wie die dicksten Mohrrüben aus Flandern und Brabant. Der Pinselstiel fror an meinem Wollhandschuh fest. Damit die Wasserfarbe nicht gefror, hingen die Töpfe über Kohlefeuern. Noch nie hatte ich so viel Purpur, Gold und Madonnenblau verstrichen.

Tijs traf mich bei der Arbeit. Er stellte sich mit verkniffenen Augen vor unser Werk. „Ihr täuscht mit Farbe Glanz und Freude vor. Der Bischof lügt mit Worten, und ihr lügt mit Farben", sagte er böse. Und er fügte hinzu: „Vielleicht ergeht's dir noch mal wie Dirk Willemzoon."

Ich war beleidigt. Er drängte mich einfach an die Seite der Handlanger der Spanier. Seine Worte empörten mich so, daß ich wütend mit dem Pinsel nach ihm schlug.

Er sprang zurück. Lange Spritzer Madonnenblau trafen sein Gesicht und seinen Mantel.

„Ich kann mir die Arbeit nicht aussuchen. Jeder tut etwas für die Spanier. Vielleicht frißt der Herzog auch die Fische, die ihr fangt. Dann vergiß nicht, sie vorher zu vergiften."

Ich mußte ihn getroffen haben. Er blickte verlegen an seinem Mantel herab.

„Es ist nur Wasserfarbe", lenkte ich ein.

„Ist sowieso nicht viel dran zu verderben. Außerdem wollte ich dir nur sagen, daß Jan aus England Nachricht geschickt hat. Richte seiner Mutter Grüße aus."

„Steh nicht herum", fuhr mich Norbert an und trieb Tijs weg.

Nun muß ich aber erzählen, was es mit diesem Dirk Willemzoon auf sich hat.

Das war ein Bauer in Nordholland. Dort gibt es große Wälder, in denen sich die Buschgeusen verstecken. Sie überfallen spanische

Kommandos und machen Alba sehr zu schaffen.

Dirk hatte nichts mit ihnen zu tun. Er kannte nur seinen Hof, sein Vieh und die Dorfkirche, alles andere kümmerte ihn nicht. Aber wer kann in diesen Zeiten schon in Frieden leben? Bei einem Zug gegen die Buschgeusen wurde Dirks Hof geplündert, und die Söldner erschlugen seine Tochter. Da verfluchte Dirk Willemzoon allerorts laut die Spanier und ging nicht mehr in die Kirche.

Er wurde festgenommen, und der Büttel meldete Dirks Fluch der vorgesetzten Behörde zu Aspern. Wenige Tage später übergab ihm der Bote auch schon Dirks Todesurteil nebst Tag und Stunde, da er den Bauern zur Vollstreckung nach Aspern führen sollte.

Auf dem Weg dorthin lief ihm Dirk davon. Der Büttel hinterher. Die Jagd ging über einen See mit dünner Eisdecke. Das Eis knirschte unter Dirks Bundschuhen. Unter den Stiefeln seines Verfolgers brach es. Dirk hörte vom sicheren Ufer seinen Hilfeschrei. Er blickte zurück und sah den Büttel im Wasser versinken.

Und lief weiter, sollte man denken. Aber er kehrte um und rettete den Büttel unter größter Gefahr. Der Büttel versprach ihm aus Dankbarkeit das Leben. Sie kehrten gemeinsam ins Dorf zurück. Selbst die Herren in Aspern hielten den Vorfall für außerordentlich, und er kam vor Albas Blutgericht. „Verbrennen", schrieb unser allergnädigster Herr unter die Akte, und so wurde Dirk Willemzoon verbrannt, weil er einem Feinde half. Das hatte Tijs gemeint.

Eine Woche später ritt Alba mit großem Gefolge in unsere Stadt ein. Er saß steif zu Pferde und blickte starr geradeaus. Ob er unsere leuchtenden Portale, die Girlanden, Fahnen und Teppiche überhaupt bemerkte? Keine Miene verzog er, und die hohen Offiziere und Beamten seiner Begleitung taten es ihm gleich.

„Hoch lebe der Herzog Alba!" schrien die Leute, wie ihnen befohlen war.

Ich riß mein Barett vom Kopf und den Mund auf, aber wie ein Sänger, der den höchsten Ton nicht schafft, gab ich keinen Laut von mir.

Vier Fähnlein kriegsmäßig gerüsteter Reiter zogen dem herzoglichen Gefolge voraus, und vier Fähnlein bildeten die Nachhut. So viele Spanier hatte unsere Stadt noch nie in ihren Mauern gesehen. Alba zeigte seine Macht.

Auf dem Marktplatz drängte ich mich so weit wie möglich nach vorn. Ein Bronzestandbild Albas sollte enthüllt werden, und ein päpstlicher Abgesandter überreichte ein Geschenk des Heiligen Vaters in Rom, einen Hut und einen Degen. Der Hut ähnelte Großvaters altertümlicher Kopfbedeckung, nur glänzte dieser hier golden und silbern. Der Gesandte setzte ihn dem Herzog aufs Haupt. Seine Rede wurde uns übersetzt. „Du, edler Herzog, verdienst den Helm der Gerechtigkeit und den Schild des göttlichen Beistands."

Gerechtigkeit! Ich dachte an Dirk Willemzoon und die vielen Scheiterhaufen im Land. Mir wurde ganz übel bei soviel Heuchelei. Am liebsten wäre ich davongelaufen. Aber ich zwang mich zu bleiben und holte Stift und Zeichenblock unter dem Wams hervor. Ich studierte Albas Gesicht, ein schmales Gesicht, die Wangen hager und gelblich, der dichte Bart, der in zwei Enden bis auf die Brust herabfiel, schon grau. Tiefliegende dunkle Augen. Ich versuchte, das auf dem Papier festzuhalten. Ein kalter Wind wehte über den Platz. Mir kam es vor, als ginge er vom Herzog aus. Die Geschichte von einem furchteinflößenden spanischen Ritter fiel mir ein. So schrecklich war er seinen Gegnern erschienen, daß die Spanier ihn noch als Toten in voller Rüstung aufs Pferd setzten. Sein Anblick allein genügte fast, sie in die Flucht zu schlagen. Vielleicht war Alba da vorn schon tot?

Ein unsinniger Gedanke!

Am Abend, in meiner Kammer, grübelte ich über der Zeichnung. Nein, Alba war verdammt lebendig. Er ließ morden, rauben, plündern. Ich malte sein Bild. Nicht mit erhobenem, starrem Herrschergesicht. Ich gab ihm die gewalttätigen Züge eines Räubers mit tückischen, gierigen Augen. Auf dem Kopf saß kein päpstlicher Hut, sondern ein mordlustiger Teufel. Ich hielt mich nicht an meine

Skizze. Ich malte, was ich über ihn dachte. Als es fertig war, zeigte ich Vater das Bild.

Er betrachtete es lange. „Verbrenn es, Geert!" sagte er. Aber er sagte es nicht wütend, wie ich es erwartet hatte. Er sagte es müde und schleppend, ängstlich, aber auch — oder täuschte ich mich hier — nicht ohne Anerkennung.

Ich verbrannte es nicht und zerschnitt es nicht. Ich schrieb, weil mir nichts anderes einfiel, „Der schwarze Herzog" darunter und versteckte es bei Caspars Bildern im Verschlag auf dem Boden.

Wer nun glaubt, ich malte in jeder freien Minute oder brütete in meiner Kammer, kennt weder Tijs Fechtwut, noch weiß er etwas von meinen blitzenden neuen Eislaufschuhen. Ehrlich gesagt, für die Schlägerei mit Stock und Degen in Onkel Arents Schuppen hatte ich nicht viel übrig.

Tijs stachelte mich an: „Stell dir vor, du kämpfst gegen Alba oder gegen den verfluchten Söldner, der Caspar tötete."

Manchmal gelang's mir, und ich hieb kräftig zu und parierte Tijs' Angriffe. Dann gerieten wir beide in Wut und richtig ins Schwitzen und schlugen einander blaue Flecken. Eines Tages verletzte ich Tijs mit dem Degen. Die Wunde war nicht tief, aber für eine Weile hatte er genug vom Fechten und kam mit zum Eislauf.

Eislaufen ist herrlich. Mir gefiel es besonders abends, wenn die Bahn auf dem Festungsgraben am Georgstor von Windlichtern erleuchtet und wenn Mayken dabei war.

Unsere Schatten huschten über die spiegelnde Fläche. Wir jagten um die Wette bis in das Dunkel hinter den Lichtern. Mayken faßte das Ende meines Mantels und ließ sich zurück ziehen.

Beim alten Händler an der Weide tranken wir heißen Tee und aßen süße Kringel. In den Ästen über uns schaukelte ein Lampion, und uns war warm, als schiene die schönste Sommersonne. Ab und an raufte ich mich, weil manche Burschen Mayken am Haar zogen und dumme Reden führten.

Mayken war noch nicht sehr sicher auf den Eisschuhen und hielt sich mit beiden Händen bei mir fest. Ihr Gesicht war dann ganz nah, rot und heiß. Ihre Augen blitzten. Oft war ich versucht, ihr einen Kuß zu geben, aber ich tat's nicht. Ich fand küssen blöd. Jan hatte mit der Küsserei angegeben. Zwei Mädchen wollte er schon geküßt haben. Es war das einzige, was mich an ihm gestört hatte. Freilich, Mayken ist nicht irgendein Mädchen. Sollte ich sie wirklich einmal küssen, würde ich es niemandem auf die Nase binden.

Eine halbe Stunde vor Toresschluß blies der Wächter das Horn. Dann wurden die Windlichter eingesammelt.

Nach einem solchen Abend denkt man nicht an die verfluchten Spanier, wenn man nicht an sie erinnert wird. Aber gerade, als ich das Licht in meiner Kammer löschen und mich ruhig und müde ins Bett legen wollte, warf jemand Steinchen gegen das Fenster. Ich glaubte, die Scheiben würden zerspringen. Ich erschrak zunächst. Aber dann ging ich zum Fenster, öffnete es einen Spalt und spähte in die klare, kalte Nacht.

In der Tür des gegenüberliegenden Hauses stand ein hochgewachsener Mann in einem weiten Mantel. Er hatte sein Barett tief in die Stirn gezogen. Er bückte sich, richtete sich auf und hob den Arm zum Wurf. „Klirr", machte es, aber diesmal traf das Geschoß die Scheiben der Kammer, hinter der Vater schlief.

Der Mann warf noch einmal.

Nebenan wurde das Fenster aufgestoßen.

„Ich hab mit dir zu reden", sagte der Mann in der Gasse gerade so laut, daß ich ihn verstand.

Das Fenster schlug zu.

Kein Name war gefallen, aber ich hatte die kratzige Baßstimme sofort erkannt. Onkel Jakob, Jakob Wesembecke, der ehemalige Stadtadvokat und Vaters einstiger Freund. Ihr erinnert euch, er war in der Ratsversammlung gegen die Bewilligung der Gelder für den Bau der Zitadelle aufgetreten und würde seitdem von den Spaniern gesucht.

Schnell zog ich Beinlinge und Wams an, als zu hören war, daß Vater nach unten ging.
Ich trat aus meiner Kammer und horchte.
Er öffnete die Haustür, ließ den Gast ein und führte ihn in die Werkstatt.
Wenn ich jetzt die Treppe hinunterschlich, die Tür zur Werkstatt um einen Spalt öffnete und heimlich lauschte, so soll mich niemand für einen Schnüffler halten. Spioniererei liegt mir fern. Ich kann meine Neugierde, wenn es sein muß, bezähmen. Was jedoch Jakob Wesembecke zu Vater führte, war sicher für Onkel Arent wichtig. Außerdem hatte ich seit Jahren nichts von ihm erfahren und war gespannt zu hören, woher er kam und wie es ihm ging.
„Wir haben uns lange nicht gesehen, Rupert", hörte ich Onkel Jakob sagen.
„Ich dachte, du bist in England." Vater war aufgeregt und gar nicht freundlich. Ich hörte, wie er unruhig auf und ab lief.
„Ich war in Deutschland bei Oranien, Rupert. Er schickt mich hierher. Er braucht Geld für eine neue Armee."
„Und da kommst du zu mir?"
„Du bist einmal mein Freund gewesen, Rupert. Du mußt mir helfen. Hier hat sich viel geändert. Wer von den wohlhabenden Kaufleuten und Handwerkern lebt noch in der Stadt? An wen kann ich mich wenden? Wer ist Oraniens Freund? Wer wird Geld geben?"
„Sie suchen dich."
„Sie suchen viele. Alle können ihre Häscher nicht ergreifen", sagte Onkel Jakob verächtlich und selbstsicher.
Ich bewunderte ihn und schämte mich für Vater. Er wollte ihm nicht helfen.
„Ich bin ein getreuer Untertan des spanischen Königs", hörte ich ihn sagen. „Alba ist kein milder Herrscher, aber er schützt den katholischen Glauben. Eines Tages wird König Philipp einen verständigeren Regenten schicken."
„Den Tag wirst du nicht mehr erleben, Rupert. Die Spanier planen

neue Gewalttaten. Ich weiß es sicher. Alba braucht dringender denn je Geld. Er wird jeden aufs Schafott bringen lassen, bei dem Geld zu vermuten ist, und ihm sein Vermögen rauben. Die neue Steuer schnürt den übrigen die Kehle ab. Spende einen Teil deines Besitzes für Oraniens Heer, nimm den Rest und flieh! Denk an deine Frau und den Jungen!"

„Ich habe nichts Unrechtes getan. Ich werde bleiben." Vaters Stimme zitterte, und ganz gewiß zuckten seine Augenlider jetzt heftig.

„Wer sich still verhält, dem wird auch nichts geschehen", hörte ich ihn sagen. „Wenn nicht Oranien weiterhin seine Agenten in mein Haus schickt!" Das war hart und laut gesprochen. Eine Weile ging es noch so fort. Es gab kein verbindendes Wort zwischen beiden Männern.

Als der Onkel aufbrach, hatte ich genügend Zeit, mich unter der Treppe zu verbergen. Ich wartete, bis Vater in seiner Kammer war, dann lief ich aus dem Haus und rannte Wesembecke hinterher. Ich rief ihn.

Er drehte sich um. „Geert!"

„Ich wollte Euch nur sagen: Wenn Ihr einen Freund braucht oder in Gefahr geratet, wendet Euch an Onkel Arent. Arent Bijns ist Fischer. Er wird Euch bestimmt helfen", sagte ich außer Atem.

„Ich will mir's merken. Dank dir schön, Geert. Und verrate niemandem, daß du mich in Antwerpen gesehen hast."

Der Frühling wehte ins Land. Das Eis auf der Schelde brach. Mit dem Schlittschuhlaufen war's vorbei. Tijs teerte sein Boot, und Mayken nähte ein neues Segel. Wir nahmen in Onkel Arents Schuppen die Fechtübungen wieder auf.

Von Jakob Wesembecke hatte ich nichts mehr gehört, aber ein Teil seiner Voraussage war in Erfüllung gegangen. Die neue Steuer verteuerte alle Waren und trieb viele ins Elend. Maarten stieß vor dem Standbild des Herzogs lästerliche Verwünschungen aus. Sein

Onkel, ein Tuchhändler, hatte sich vor Verzweiflung in die Schelde gestürzt. Zum Glück fluchte der Geselle so leise, daß nur ich es hörte.

Ich fragte mich bang, ob Jakob Wesembecke auch in allem übrigen recht behalten sollte.

Tijs zeigte mir einen abgegriffenen Handzettel. Unter einer groben Abbildung des herzoglichen Standbildes las ich:

„Das ist der Mensch, der sich vom Papst regieren läßt!
Reißt ihn herab und werft ihn vor die wilden Tiere!
Daß er ein Bluthund ist, zeigt sein Gesicht genug.
Der Niederlande Städte wollt' er all vertilgen.
Man reiß das Herz ihm aus dem Leib und schlag ihm ins Gesicht,
der Bluthund ist nicht wert das heilge Sonnenlicht."

Vor Monaten hätten mich solche Zeilen in Bestürzung versetzt. Inzwischen erschreckte mich der Vers nicht mehr.

„Mal das in großen Buchstaben auf Karton, Geert. Wir wollen dem edlen Herzog den schönen Spruch um den bronzenen Hals hängen."

Ich schüttelte den Kopf. Tijs würde mich nicht noch einmal zu einem dummen Streich überreden.

„Vater bat mich, dich zu fragen."

Er log nicht. Onkel Arent erklärte mir, man müsse den Menschen Mut machen. „Sie dürfen sich nicht mit Alba und seinen Söldnern abfinden. Deshalb verteilen wir Flugblätter und wollen die Statue des Herzogs mit dem Spruch verzieren."

„Also einverstanden?" drängte Tijs.

„Klar, einverstanden."

Gut, daß ich das Schild noch am gleichen Abend malte. In der nächsten Nacht wollten wir es anbringen, aber ich mußte es Tijs allein überlassen. Am Morgen schwindelte mir der Kopf, als säße ich in einer Luftschaukel. Vor Schnupfen konnte ich kaum aus den Augen sehen. Mutter legte die Hand auf meine Stirn. „Dein Kopf ist ganz heiß."

Ich mußte mich hinlegen.

„Wenn's nur nicht die Pest ist", jammerte Vater. Er sah immer gleich schwarz. Es war nur eine Erkältung, aber ich fühlte mich schlapp.

Onkel Arent kam. Seit jenem Streit mit Vater hatte er unser Haus nicht mehr betreten. Meine Krankheit lieferte ihm wohl nur einen Vorwand, mit Vater zu reden. Vielleicht war es ihnen unangenehm, miteinander allein zu sein. Jedenfalls unterhielten sie sich an meinem Bett. Onkel Arent erzählte von einer verheerenden Sturmflut und dann von Hinrichtungen in Mecheln. Dort vollstreckte der Profoß von Brabant, ein hoher Gerichtsbeamter, die vom Blutgericht in Brüssel gefällten Urteile. Bei Hinrichtungen stand er neben dem Galgen und hielt als Zeichen seines Amtes einen roten Stab in der Hand. Der rote Stab flog von Stadt zu Stadt. „Er kann schon morgen nach Antwerpen kommen", warnte der Onkel. „Vielleicht sehen wir uns heute zum letztenmal."

Vaters Augenlider zuckten.

„In Mecheln hat der rote Stab neun Kaufherren und fast zwei Dutzend Handwerker gemordet. Du bist in Gefahr, Rupert. Geh nach England!"

„Mir tut niemand etwas."

„Das haben die in Mecheln auch gedacht. Manche glauben noch bei pechschwarzem Himmel, es wird nicht regnen."

Selbst Mutter redete auf Vater ein, sich Onkel Arents Vorschlag zu überlegen.

Aber er kniff die Lippen zusammen und stieg wortlos hinunter in die Werkstatt. Dort trieb und ziselierte er Kelche, Kannen und Pokale, fertigte Armreifen und Ketten und arbeitete für zwei, denn einen Gesellen hatte er nicht mehr.

Ich wurde gesund, ging wieder in Huchtenbroeks Werkstatt, rieb Farben an und trug den Malgrund für die Madonnenbilder auf. Auf den ersten Blick war eigentlich alles wie immer, aber irgend etwas lag in der Luft. Ich war unruhig.

Mutter lief zur Wahrsagerin im Hafenviertel. „Glück kommt ins Haus, und Ihr habt ein langes Leben", prophezeite die Zigeunerin.

Mich plagten bange Ahnungen.

Eines Nachmittags paßte mich Tijs am Eingang zu Huchtenbroeks Haus ab. Ich wußte sofort, daß etwas geschehen sein mußte. Tijs griff nach meiner Hand. „Sie haben deine Eltern festgenommen. Vater hat's gesehen." Mir zitterten die Knie. Die Kehle war wie zugeschnürt. Zu ihnen hin, war mein einziger Gedanke.

Tijs hielt mich fest. „Du darfst nicht nach Hause!"

„Wo sind sie?"

„Im Steen."

Ich weiß nicht, wie ich die nächsten Stunden überstand. Eine Zeitlang hockten wir in einem Gebüsch an der Schelde. Wir froren, und dann liefen wir kreuz und quer durch ein abgelegenes Viertel der Stadt. Erst nach Anbruch der Dunkelheit gingen wir zu Tijs' Eltern.

Onkel Arent brachte mich zu einem befreundeten Fischer. „Falls die Spanier dich suchen, kommen sie auch zu uns. Dort bist du sicherer."

„Wenn sie die Bilder gefunden haben, suchen sie mich ganz bestimmt."

Der Fischer hielt mich in seiner Hütte versteckt. In den nächsten Tagen hatte ich viel Zeit zum Grübeln. Ich dachte über Vater nach. Er hatte nur für sich und seine Familie gelebt wie Dirk Willemzoon. Aber das ging nicht. Niemand konnte so leben. Ich wußte, daß es keine Hoffnung für die Eltern gab. Der Richter mit dem roten Stab ließ seine Opfer ohne Verzug ermorden. Hatte jemand die Eltern angezeigt und irgendeine unsinnige Beschuldigung erhoben? Ich glaubte nicht einmal das. „Die Spanier morden alle, bei denen sie Geld vermuten", hatte Jakob Wesembecke gesagt. Weshalb behielt er so recht?!

Ich versuchte, Vater und Mutter aus dem Gedächtnis zu zeichnen. Warum hatte ich sie nicht schon früher gemalt? Ich wollte eine feste Erinnerung an sie haben. So vergingen die Tage. Als Tijs mich besuchte, erzählte ich ihm auch von Caspars Bildern, und wir beschlossen, sie nachts aus dem Hause zu holen.

Tijs hatte unser Haus beobachtet. Er berichtete, daß es verschlossen sei. „Es stehen keine Wachen davor."

„Und wenn welche davorstünden, ich würde die Bilder rausholen. Kommst du heute nacht mit?" Zum ersten Male war ich der Anstifter.

Natürlich mußte ich Tijs nicht zureden.

Wir trafen uns am Liegeplatz von seinem Kahn. Auf dem Weg zu unserem Haus mieden wir die Hauptstraßen, um keiner Wache zu begegnen. Eine neue Verordnung des Stadtkommandanten verbot den Einwohnern Antwerpens, nach Anbruch der Dunkelheit auf die Straße zu gehen.

Wolken jagten über den Himmel. Der Wind rüttelte an den Fensterläden. Die eiserne Wetterfahne auf dem Türmchen des Spritzenhauses knarrte. In der Nähe des Armenspitals hörten wir eine Wache. Rasch zog ich Tijs in den nächsten Torbogen, und wir warteten, bis die Schritte sich entfernten. Bald hatten wir unser Viertel erreicht. Niemand war auf den Gassen. Trotzdem wäre es zu gefährlich gewesen, von der Vorderseite ins Haus einzudringen.

Wir kreuzten deshalb die Goudsmidstraat. In einer Mauernische des alten Gildenhauses flackerte wie eh und je das Ewige Licht vor der Figur der Heiligen Jungfrau. An der nächsten Ecke bogen wir in die Messerschmiedgasse ein. Sie verläuft parallel zur Goudsmidstraat. Vor ein paar Monaten hatte es hier gebrannt. Hinter der zerstörten Schmiede lag das Grundstück meiner Eltern. Wir stiegen über Mauerreste. Tijs stieß sich an einem verkohlten Balken und fluchte leise. Ein Stück Hof, dann die Mauer, hinter der unser Garten lag. Wir lauschten. Nichts regte sich.

„Warte hier", sagte ich zu Tijs.

„Ich komme mit."

„Nicht nötig, daß sie uns beide schnappen. Einer genügt. Warte hier!"

Ich kletterte auf Tijs' Schultern und zog mich am Mauerrand hoch. Oben verhielt ich einen Augenblick. Die Turmuhr von Onze Lieve Vrouwe Kerk schlug. Ich zählte bis fünf, dann sprang ich und landete auf dem Misthaufen am Hühnerstall. Die Hundehütte stand leer. Alles lag wie tot. Ich schlich durch den Garten. Es roch nach Erde und frischem Grün. Die Birke am Haus warf einen blassen, zitternden Schatten. Natürlich war auch die hintere Tür verschlossen, und auch die Fensterläden waren zu. Aber ich wußte, das Holz eines Ladens war morsch, dicht unter dem Riegel. Deshalb öffnete ich mein Messer, tastete mit der linken Hand nach der schadhaften Stelle, drückte die Klinge vorsichtig hindurch, schob den Riegel beiseite und zog die Holzläden auf. Das Fenster war nur angelehnt. Ich holte tief Atem und schwang mich über den Sims. Leise glitt ich auf den Boden der Diele. Nichts rührte sich. Vorsichtig ging ich hinauf zum Wohnzimmer. Viel konnte ich nicht erkennen. Immerhin sah ich, daß die Schubläden und Schranktüren geöffnet waren. Kleidungsstücke und Scherben lagen verstreut auf dem Boden. Ich stolperte über einen umgeworfenen Stuhl. Da ließ ein Geräusch meinen Atem stocken. Ein verborgener Wächter? Ich sprang zurück, riß den Stuhl hoch, hielt ihn schützend vor die Brust und drückte mich mit dem Rücken an die Wand. Etwas Weiches streifte mein Bein. Ich bückte mich und griff in das Fell unseres Katers. „Piet, alter Räuber!" Mir zitterten die Knie. Ich hatte für Katzen nie viel übrig gehabt. Piet war ein notwendiges Übel gegen die Mäuseplage gewesen. Jetzt drückte ich den Kater an mich. Mir war zum Heulen zumute, aber ich bezwang die Tränen und stieg auf den Boden, die Leiter hoch zum Verschlag. Piet folgte mir. Es war stockdunkel. Ich tastete nach dem Versteck. Die Bilder! Die Söldner hatten sie nicht gefunden.

Dann verließ ich das Haus auf dem gleichen Wege, auf dem ich gekommen war. Im Wohnzimmer, in das noch immer der Mond schien, blickte ich mich noch einmal um.

„Mensch, du warst ja eine Ewigkeit weg", sagte Tijs. „Ich hatte furchtbare Angst um dich. Alles in Ordnung?"

„Alles in Ordnung", sagte ich, obwohl das in meiner Lage ein blödsinniger Ausdruck war. Nichts war in Ordnung.

Wir gingen zurück zur Fischersiedlung. Piet blieb an meiner Seite.

Am Mittag des nächsten Tages kam Onkel Arent in mein Versteck. Er erzählte alles mögliche, aber ich merkte bald, daß ihn etwas Besonderes bedrückte. Schließlich sagte er es mir. „In der Frühe haben sie zwanzig Gefangene hingerichtet. Es kann sein, daß auch deine Eltern darunter waren."

Mein Herz krampfte sich zusammen. Onkel Arent sah ernst und traurig aus. Als ich ihm ins Gesicht sah, blickte er zur Seite.

„Du weißt mehr. Sag mir alles. Sag mir die Wahrheit. Ich halt's schon aus."

Er machte einen Schritt auf mich zu und zog meinen Kopf an seine Brust. „Du mußt tapfer sein, Geert. Deine Eltern sind tot."

„Heute morgen?" flüsterte ich mit erstickender Stimme.

„Heute morgen."

„Wurden sie verbrannt?"

„Nein, auf dem Schafott enthauptet."

Ich ließ meinen Kopf an Onkel Arents Brust, während er erzählte. Er sollte nicht merken, daß ich heulte. Nach einer Weile riß ich mich los, lief in die Kammer und warf mich schluchzend auf mein Lager. Die Eltern lebten nicht mehr. Ich hatte gewußt, daß ihr Tod beschlossen war. „Du mußt auf das Schlimmste gefaßt sein", hatte Onkel Arent gesagt. Aber da ist das Schlimmste noch nicht gewiß. In der Ungewißheit liegt ein Rest Hoffnung. Jetzt begriff ich, wie sehr ich mich an diese Hoffnung geklammert hatte. Nun war ich eine Waise wie Mayken.

Piet drückte sich schnurrend an mich. Ich preßte mein Gesicht in sein Fell. Vater und und Mutter hatten es oft gestreichelt. Mutter! Nie mehr würde sie ihre Hand auf meine Stirn legen.

„Hunde", knirschte ich, „verfluchte Hunde!" Mir fiel Gregorius ein. Er hatte sicher keine Hand für die Rettung der Eltern gerührt. Hatte vielleicht sogar gegen sie ausgesagt. In meiner Verzweiflung schwor ich, ihn umzubringen und mich dann in Albas Residenz zu schleichen und den Herzog zu ermorden.

Später kamen Tijs und Mayken und versuchten mich zu trösten. Tijs redete mir die verrückten Gedanken aus. „Der Tod des Paters nützt niemandem, und Alba schützen seine Wachen. An den kommt höchstens ein Floh heran."

Ich wußte, Tijs hatte recht.

Mir blieb keine Zeit, neue Rachepläne zu schmieden oder mich meinem Schmerz hinzugeben. Sicher war das gut so.

Am Abend dieses schlimmen Tages saß ich bei den Bijns. Es gab Hering und Brot. Onkel Arent trank ein dünnes Bier dazu. Ich bekam mitleidige Blicke und den fettesten Fisch, aber ich mochte nichts essen und verfütterte den Hering heimlich an Piet. Gesprochen wurde wenig, bis Onkel Arent verkündete: „Es wird gefährlich für uns. Hier in Antwerpen können wir kaum noch etwas gegen die Spanier tun. Wir werden nach England gehen. Im Hafen von Dover liegen die Schiffe der Geusen."

Niemand sagte ein Wort.

„Wir können so viel mitnehmen, wie vier Seesäcke fassen. Mehr trägt das Boot nicht." Erst jetzt gab es ein aufgeregtes Hin und Her, obwohl eigentlich niemand überrascht war. Man hatte schon lange daran gedacht, das Land zu verlassen. Jeder überlegte nun lautstark, was unbedingt mitgenommen werden müßte. Was ging schon in vier Seesäcke!

„Wie lange wird die Fahrt dauern?" fragte Mayken. „Ein schneller Segler schafft's bei günstigem Wind an einem Tag. Mit unserem Boot..." Onkel Arent wiegte den Kopf. „Ist schwer zu sagen. Es kommt auf den Wind an."

Tante Griet blieb bei den praktischen Dingen. „Was wird mit den Federbetten?" wollte sie wissen.

„Die müssen wir hierlassen. Sie brauchen zuviel Platz. Wir nehmen nur Decken mit", entschied Onkel Arent.

Ich dachte wieder an meine Eltern und dann an Jan und die Geusenschiffe von Dover...

Am anderen Tag besorgte mir Mayken ein Stück Ölzeug. Ich schlug die Rolle mit den Bildern ein, vernähte sie sorgfältig und steckte sie in den Leinensack. An Sachen besaß ich nur, was ich auf dem Leib hatte.

In der folgenden Nacht brachten wir die Säcke, einige Eßwaren und Wasser zum Boot. Onkel Arent und Tijs verstauten alles in der kleinen Kajüte und achteten darauf, daß noch etwas Raum für uns blieb.

Wir benutzten kein Licht. Aus Furcht vor Spitzeln und der Neugier der Nachbarn benahmen wir uns wie Schmuggler. Die Flucht durfte nicht im Steen enden.

Um die vierte Morgenstunde löste Tijs die Kette am Ankerplatz. Im letzten Moment sprang der Kater ins Boot.

„Piet, komm her zu mir", schrie Sijmen.

„Leise", zischte Tante Griet. „Du verrätst uns noch."

Wir stießen ab. Tijs und ich tauchten die Ruder so geräuschlos wie möglich ins Wasser. Erst wenn das Boot Fort Lille und Fort Liefkenshoek passiert hatte, sollte das Segel gesetzt werden.

Es regnete fein. Über dem Fluß und den Scheldewiesen hingen Nebelfetzen. Onkel Arent stand am Steuer. „Das richtige Wetter für uns", sagte er zufrieden. „Wenn der Nebel nicht dichter wird, haben wir genug Sicht, aber die Spanier können uns von weitem nicht ausmachen."

Unser Boot lag sehr tief. Sicher war es zu stark belastet. Flüchtig dachte ich daran, daß wir kentern könnten, aber ich fürchtete mich nicht. Vielleicht, weil ich Onkel Arents Kunst vertraute, vielleicht, weil Mayken neben mir saß oder weil ich in den letzten Tagen so viel vom Sterben gehört hatte, daß mir das Leben gleichgültig war.

Was soll ich von der Überfahrt erzählen? Wir hatten Glück, sie

verlief ruhig, wir hatten günstigen Wind und brauchten kaum zu rudern, und ich wurde nicht einmal richtig seekrank. Natürlich waren alle halb erfroren und deshalb froh, als am Morgen des zweiten Tages Onkel Arent endlich rief: „Land!" und „Dover!" Ich erhob mich von der Ruderbank. Meine Glieder waren steif. Aus dem Dunstschleier schälten sich weiße Felsen. Kälte und Nässe waren vergessen. „Wo liegt die Stadt?"
„Wirst sie bald sehen. Die Felsen kenne ich genau."
Eine steife Brise trieb uns rasch näher.
Über dem Kalkgrund der nahen Küste wechselte die Farbe des Wassers vom schwärzlichen Blau ins helle Smaragdgrün.
„Steilküste", erläuterte Tijs neben mir sachkundig. „Alles Kreide! Dort, die Türme auf dem höchsten Felsen — sie müssen zum Schloß gehören. 'ne Menge Schulterwehren mit Schießluken. Die Kanonen möchte ich mal sehen! Von da oben kann man bestimmt den ganzen Hafen bestreichen."
„Die Stadt auch", setzte ich mechanisch hinzu. Ein Wachtschiff mit englischer Flagge tauchte vor uns auf. Wir hielten darauf zu, und kurz vor der Hafeneinfahrt waren wir bis auf Rufweite heran. „Dreht bei und gebt unseren Beamten Auskunft!" Zeichen unterstützten den Zuruf. Ich war der einzige, der Englisch sprechen konnte. Mutter hatte es oft genug mit mir geübt. Aber Onkel Arent verstand auch ohne meine Übersetzung. „Dreht bei, im Namen der Königin!" wiederholte der Engländer. Ein Beiboot mit zwei Beamten löste sich vom Wachtschiff. Schnell kam es näher.
Dann ein Stoß, von dem ich fast über Bord gegangen wäre. Das englische Boot war hart an die Wand unseres Kutters geschlagen. „Woher?" fragten die Beamten.
„Ein niederländischer Fischer mit seiner Familie. Aus Antwerpen geflohen."
Flüchtig prüfende Blicke. Verständnisvolles Nicken. Sicher waren die Beamten den Anblick gewohnt. Das Zeichen zur Weiterfahrt wurde gegeben.

Ich mußte an die Schmähreden von Pater Gregorius denken. „Die Ketzerkönigin gehört auf den Scheiterhaufen, nicht auf den Thron. Ins Höllenfeuer mit ihr!" Er hatte jedesmal vor Wut geschäumt, wenn er über Elisabeth und ihren Vater sprach. Der König von England hatte nämlich den Papst nicht länger als Oberhirten der Christenheit anerkannt und sich geweigert, weiterhin Geld an ihn zu zahlen. Er hatte sich damals selbst zum Oberhaupt der englischen Kirche gemacht und die Klöster aufgelöst. Riesige Besitztümer waren an die Krone gefallen. Auch Elisabeth, seine Nachfolgerin, gab nichts zurück. Der Papst drohte ihr, aber seine Kirchenstrafen rührten sie nicht. Er beriet sich mit König Philipp. Der spanische König war dem Papst ergeben. Aber Elisabeth ließ sich auch von dem Spanier nicht dreinreden. Beide hassen die englische Königin, aber sie ist sehr mächtig. Wir waren also in Sicherheit.

Onkel Arent hatte das Segel eingeholt. Tijs und ich legten uns noch einmal kräftig in die Ruder. Wir passierten die Einfahrt zur Reede. Handelsschiffe aus Frankreich, Deutschland und Schweden lagen in dem weiten Hafenbecken vor Anker. Auch zwei Spanier. Ich suchte nach dem roten Kreuz auf weißem Feld, der Geusenflagge, aber ich konnte sie auf keinem der Schiffe entdecken.

Bei den Geusen

„Es gab sehr viel zu sehen", sagen die Leute, wenn sie von einer Reise aus einem fremden Land zurückkommen, und sie wissen viel zu erzählen. Sagen sie aber nicht auch: „Wir freuen uns, daß wir wieder zu Hause sind?" Wenn man aber keine Heimat mehr hat, in die man zurückkehren kann? Wenn man in der fremden Stadt, in dem fremden Land bleiben muß, nicht nur eine Woche oder einen Monat, sondern vielleicht das ganze Leben? Mit den Straßen und Häusern verbindet sich keine Erinnerung, und man kennt keinen Menschen. Nein, so verlassen, wie Kater Piet sich in unserem leeren

Haus gefühlt haben mußte, fühlte ich mich nicht. Wir hielten alle zusammen, aber schlimm waren die ersten Tage. Unser Zuhause – ein finsterer Lagerschuppen im Hafen, den wir mit drei Dutzend Flüchtlingen teilten. Unser Bett – faules Stroh. Es stank erbärmlich. Wanzen zerbissen mich, bis die Haut wund war und eiterte. Nachts schrien Kinder. Männer schnarchten, und ich wälzte mich schlaflos hin und her. Nur Piet hatte es gut, weil er reiche Beute fand, es gab genug Mäuse und Ratten. Unser Essen bestand aus Hafergrütze und hartem Brot.

Sicher wäre alles schlimmer gekommen, wenn uns Jakob Wesembecke nicht geholfen hätte.

Ich hatte keine Ahnung, daß er in der Stadt lebte. Was er in Dover trieb, erfuhr ich erst später. Da hatte er uns schon aus dem Lagerschuppen herausgeholt, Onkel Arent bei Fischersleuten untergebracht und Mayken Arbeit in der „Zwarte Karlientje" im Hafenviertel besorgt. Jakob Wesembecke bewohnte in diesem Wirts- und Logierhaus eine Stube und hatte nicht ohne Absicht für mich die Nebenkammer gemietet. Weshalb die Kneipe nicht „Black Dog" oder „Red Dragon" hieß oder irgendeinen anderen englischen Namen trug, ist rasch erklärt. Die Wirtin, Zwarte Karlientje genannt, stammte aus Brüssel, und bei ihr verkehrten vor allem niederländische Seeleute.

In den ersten Tagen sah ich nur wenige Gäste, aber nach Einlaufen der beiden Geusenschiffe herrschte in der Schankstube Hochbetrieb.

Als ich von den Schiffen hörte, rannte ich zum Hafen. Ich wollte sie endlich sehen, und ich erwartete Jan. Als er mich sah, führte er einen wahren Freudentanz auf. „Ich hab gewußt, daß du kommen mußt", rief und sang er lachend.

Als ich ihm von Antwerpen erzählte, wurde er schweigsam und ernst. Sein Kamerad stieß ihn aufmunternd in die Seite. „Hast du von den Spaniern erwartet, daß sie plötzlich Zuckerstangen verteilen?" Und zu mir gewandt: „Du kommst mit auf die ‚Wraak', die

‚Rache', Kleiner. Wir werden's den Verfluchten zeigen. Wenn wir alle spanischen Schiffe gekapert haben, ist es aus mit ihnen. Auf der ersten Fahrt fühlst du dich vielleicht so elend wie ich alte Landratte. So ein Schiff ist kein Pferd, verstehst du. Aber wenn du erst mal alles ausgespuckt hast, was dir der Koch so im Verlauf von drei Wochen in die Schüssel gekippt hat, geht's besser."

Ich lächelte schwach. Jans Begleiter nannte mich immer wieder Kleiner, obwohl ich ihn mindestens um drei Köpfe überragte. Er war fast so breit wie groß, hatte ein rosiges Gesicht, eine dicke Warze auf der Nase, ein rostrotes Bärtchen, lustig blitzende Augen und redete wie ein Wasserfall.

„Maarten Hofdijk", stellte ihn Jan vor.

„Bällchen genannt", ergänzte der mit breitem Grinsen und strich sich über den Bauch. „In der Schlacht an der Geete bin ich vom Pferd gefallen, aber nur auf die Beine. Jetzt fahre ich als Maat auf der ‚Wraak', dem schnellsten Geusenschiff."

„Bällchen, der Werber", sagte Jan.

Am Abend war die halbe Mannschaft der „Wraak" und der „Dirk Willemzoon" in der „Zwarte Karlientje".

Mayken zapfte hinter dem Schanktisch ein helles Bier, das die Engländer Ale nennen, in dicke Tonseidel und brachte sie den Gästen. Sie hielt drei Seidel in jeder Hand. So viel Kraft hätte ich ihr nicht zugetraut. Zwart Karlientje lief zwischen den Tischen umher, brachte Teller mit gebratenen Eiern und Schinken, schenkte Branntwein aus und hatte ihre flinken Augen überall. Der Hausknecht warf dicke Buchenholzscheite in den Kamin. Draußen war es regnerisch und kühl, obwohl der Kalender schon Mai anzeigte.

Ich saß an dem großen Eichentisch neben Jakob Wesembecke in der Runde der Seegeusen. Wer keine Flüche hören und Branntwein nicht riechen kann, sollte sich nicht dazusetzen. Wem wirre Bärte und wilde Augen Furcht einjagen, sollte sich fernhalten. Hier wurden keine frommen Gebete gesprochen, dafür viel geflucht und gelacht. Nicolaus Ruichaver, der Kapitän der „Wraak", schilderte die letzte Kaperfahrt mit einer Stimme, die es gewohnt war, gegen den Sturm anzukämpfen. Ob alle Kapitäne so schrien? Aber packend erzählte er.

Ich vergaß meine Angst vor dem Meer. Ruichavers Schiff hieß „Rache". Lebte ich nicht, um den Tod meiner Eltern und Caspars Tod zu rächen?

„Könnt Ihr mich als Schiffsjunge auf die nächste Fahrt mitnehmen, Kapitän?"

Nicolaus Ruichaver musterte mich abschätzend. „Bist noch jung, Bursche."

„Er ist Malerlehrling und nicht der richtige Mann für dich", mischte sich zu meinem Erstaunen Jakob Wesembecke ein.

„Auf der ‚Wraak' dient mancher, dem es nicht an der Wiege gesungen wurde, zur See zu gehen. Sogar zwei entlaufene Mönche und ein Stadtschreiber gehören zur Mannschaft."

„Ihr sagt selbst, daß er jung ist, Nicolaus."

„Jung, aber nicht zu jung. Ich brauche Leute. An Bord ist mancher Milchbart zum Mann geworden."

Jan und Bällchen, die schon dafür gesorgt hatten, daß Tijs und Onkel Arent auf die „Wraak" durften, sprangen dem Kapitän lebhaft bei.

„Wir können morgen darüber reden, wenn Ihr die Prise abrechnet", lenkte Jakob Wesembecke ab.

„Da gibt's diesmal keine Abrechnung."

„Du hast Gold und Silber erbeutet und so manchen Sack mit Gewürzen, die sich leicht verkaufen lassen. Ein Drittel der Prise steht Oranien zu. Er hat Euch den Kaperbrief ausgestellt."

„Was ist schon ein Fetzen beschriebenes Papier. Ich bin ein freier Pirat. Die ‚Wraak' gehört mir, und keiner kann mir befehlen."

„Freier Pirat", eiferte sich Wesembecke. „Willst du reich werden wie ein Pfeffersack, oder kämpfst du für die Niederlande? Wir sind nicht unsere eigenen Herren. Unser Herr ist Wilhelm von Oranien.

Wer das nicht begreift und sich nicht fügt, ist nichts weiter als ein Räuber. Oranien braucht Geld für ein neues Heer."

„Von der Beute gebe ich nichts. Das Schiff hat im Sturm Schaden gelitten. Die ganze Takelage muß erneuert werden. Da bleibt nicht viel von der Prise übrig."

Nicolaus Ruichaver erntete Stirnrunzeln und auch beifälliges Gemurmel. „Die ‚Wraak' scheißt keine Dukaten wie ein Goldesel für den von Oranien", rief der Lange neben Bällchen.

Die Natur hatte den Schreier mit wenig vorteilhaften Merkmalen bedacht. Die Nase ähnelte einer krummen Wurzel. Buschige Brauen wucherten wie Unkraut über den Augen. Beim Schreien hatten sich seine Züge verzerrt wie ein Bild auf schlecht gespannter Leinwand. Sein Name war Hendrik Verdelot. Wegen der gespaltenen Oberlippe aber wurde er Hasenscharte genannt. So ein Gesicht vergißt man nicht so leicht.

„Beim Entern hab ich dich nicht gesehen, aber wenn es um die Beute geht, hast du das große Maul", hielt ihm Bällchen vor.

„Dann mach nur die Augen auf und denk nicht soviel ans Fressen."

Aber Bällchen ließ sich nicht ablenken. Er wandte sich an Ruichaver. „Ich meine, die Segel könnten wir selbst flicken. Der Herzog muß seinen Anteil bekommen. Für die Niederlande und Oranien heißt die Losung."

Bei Bier und Branntwein ging es noch heiß her.

Jakob Wesembecke mischte sich nicht mehr ein. „Wir reden morgen in Ruhe darüber, Nicolaus Ruichaver." Er erhob sich. „Kommst du mit, Geert?"

Ich wäre gern in der Runde geblieben, aber Onkel Jakobs Frage glich einem Befehl. Ich folgte ihm. Beim Treppensteigen stützte er sich auf mich und keuchte wie ein alter Mann. Ich war nicht verwundert, als er mir sagte, er brauche Hilfe.

„Tante Griet könnte nach Euch sehen."

Im Kerzenlicht bemerkte ich sein Lächeln. „Du verstehst mich falsch. In der „Zwarte Karlientje" bin ich mit allem gut versorgt.

Ich brauche jemanden, der Englisch spricht, eine gute Handschrift hat und dem ich vertrauen kann. Ich brauche dich für mancherlei Dienste."

„Mein Englisch ist nicht sehr gut, Onkel Jakob", sagte ich. Dabei dachte ich an die „Wraak" und an Jan und Tijs.

Onkel Jakob ließ meinen Einwand nicht gelten. Als erriete er meine Gedanken, sagte er. „Kämpfen kann man auch mit der Schreibfeder, Geert. Und Mayken bleibt auch an Land."

Damit hatte er mich halb gewonnen.

Am nächsten Tag liefen die „Stolz von Bremen" und die „Post von Haarlem" ein. Nach und nach sammelte sich die gesamte Geusenflotte in Dover.

Tijs ging auf die „Wraak" und war sehr aufgeregt.

„Schläfst du an Bord?"

„Klar. Man muß sich doch an den Kahn gewöhnen. Vielleicht scheucht mich der Kapitän Ruichaver morgen gleich in die Wanten. Zum Glück klettere ich wie ein Affe."

Ich blickte wohl ein wenig trübsinnig drein, denn Tijs schlug mir auf die Schulter und ermunterte mich. „Kopf hoch, Geert. Jeder wird an seinem Platz gebraucht."

Dergleichen Allerweltsworte mögen freundlich gemeint sein. Ich kann sie nicht ausstehen. „Brauchst nicht den tröstenden Seelenhirten zu spielen." Ich machte mich von seinem Arm frei. „Wann darfst du an Land?"

„Am Sonntag."

Ich holte ihn also am Sonntag vom Kai ab und war sehr neugierig.

„Tag", sagte Tijs.

„Tag", sagte ich, und wir trotteten eine Weile schweigsam nebeneinanderher, bis ich ungeduldig wurde. „Nun erzähl schon!"

„Gibt nicht viel zu erzählen." Tijs machte ein Gesicht wie Tante Griet, wenn ihr der Sonntagskuchen mißraten war. „Der Alte läßt den Kahn putzen. Hab die ganze Woche unter Hasenschartes

Aufsicht gescheuert und eime weise Farbe verpinselt. Nichts weiter. Hasenscharte ist Bootsmann. ‚Von den Planken muß Oranien essen können', sagt er. Quatsch. Ein richtiger Schinder ist er. Guck dir meine Hände an, lauter Blasen."

Ich zeigte Mitleid. „Auf See wird es sicher anders. Wenn Hasenscharte dir sehr zusetzt, kann dein Vater oder Bällchen mal ein Wort mit ihm reden."

Tijs schimpfte weiter. „Als ob wir mit sauberen Planken die Spanier leichter besiegen würden. Vater meint, der Großmast der ‚Wraak' tauge nicht viel. Soll Ruichaver einen neuen setzen lassen. Aber nein, er läßt schrubben."

„Und die Takelage erneuern", verteidigte ich den Kapitän.

„Am liebsten würde ich auf ein anderes Schiff gehen. Unter dem Kapitän da möchte ich dienen." Er wies auf die Landungsbrücke.

Ich sah einen großen schlanken Mann. Er trug ein grünes Wams aus feinstem Samt. Unter dem Barett mit der lächerlich kleinen Feder quoll welliges, sorgsam gepflegtes Haar hervor. Die Hände drehten spielerisch einen zierlichen Degen wie einen Spazierstock.

Ein junger Geck, dachte ich und sagte: „Er stolziert wie ein Pfau."

„Täusch dich nicht! Er ficht wie der Teufel und segelt wie der Klabautermann. Lancelot von Brederode, der gefürchtetste Geusenkapitän. Mit seinem ‚Greifer' hat er ein gutes Dutzend Spanier gekapert oder versenkt", belehrte mich Tijs. Und er erzählte mir von seinen Fahrten, bis wir vor der „Zwarte Karlientje" standen.

Seit ich in Dover war, hatte ich nichts mehr gemalt, jetzt griff ich manchmal zur Feder, um einige bekannte Gesichter zu skizzieren. Davon sah ich jetzt eine ganze Menge, denn es trafen Geusenkapitäne ein, deren Namen man in Antwerpen mit scheuer Achtung oder mit Abscheu geflüstert hatte.

Wilhelm von der Marck erkannte ich sofort an dem zottigen, bis über den Gürtel herabhängenden Haar. Die Fingernägel waren ihm zu Krallen gewachsen. Kein Räuberhauptmann konnte wilder aussehen. In der „Zwarte Karlientje" führte er das große Wort und trank jeden Abend ein Dutzend Krüge Bier. Die anderen nannten ihn Admiral, und tatsächlich hatte ihn Wilhelm von Oranien zum Kommandeur der Geusenflotte ernannt. Die Kapitäne allerdings fühlten sich als freie Seeleute und befolgten seine Befehle nur, wenn es ihnen paßte.

Über wichtige Dinge, so auch über Ruichavers Weigerung, die Prise zu teilen, entschied die Versammlung aller Kapitäne auf dem „Seeadler", dem Schiff Wilhelms von der Marck. Auch Jakob von Wesembecke wurde geladen. Wie heftig es dort herging, erfuhr ich aus seinem Bericht an den Herzog. Es war das erste Schriftstück, welches ich für Jakob anfertigen mußte.

Wesembecke hatte sich dieses Mal gegen die „Piraten" unter den Kapitänen durchgesetzt. Am Ende mußte Nicolaus Ruichaver klein beigeben. Die Beute wurde im Hafen zu Geld gemacht und der für Oranien bestimmte Teil nach Emden gebracht, von wo er durch sichere Gewährsleute an den Herzog weitergeleitet wurde.

Die Geusenschiffe rüsteten zur neuen Fahrt, und es gab alle Hände voll zu tun. Onkel Jakob verhandelte mit Zimmerleuten, Segelmachern und Händlern. Im Auftrag der Kapitäne kaufte er große Mengen Pökelfleisch, Salzfisch, Räucherspeck und doppelt gebackenes Hartbrot. Er führte Gespräche mit Beamten der Hafenbehörde und dem Rat der Stadt. Er verstand gut Englisch, aber das Sprechen fiel ihm schwer. Bald mußte ich jedes Wort übersetzen. Nach kurzer Zeit war mir die Sprache fast so geläufig wie das Niederländische. Mutters Bemühungen trugen jetzt Früchte.

„Ich wüßte gar nicht mehr, wie ich die Arbeit ohne dich schaffen sollte", lobte mich Onkel Jakob.

Am Abend vor der Ausfahrt ging es in der „Zwarte Karlientje" hoch her. Ich trank zum ersten Mal englisches Braunbier. Verflixt, war das ein starkes Gebräu. Beim zweiten Krug wurden meine Knie weich.

Tijs lachte über mich. „Junge, du singst lauter als drei Chorknaben." Er war in bester Laune und versuchte einen Seemannstanz.

Das Bier in seinem Krug schwappte über.

„Bist wohl froh, daß es losgeht?"

„Und daß Hasenscharte nicht mitfahren kann. Fieber, Brechdurchfall, was weiß ich. Soll im Hospital sein. Wegen mir könnte er die Pest haben. Bällchen ist mein neuer Bootsmann!" Er tanzte in die Ecke, in der Bällchen und Jan saßen.

Plötzlich stand Mayken neben mir. „Schön, daß du an Land bleibst, Geert. So allein wär's scheußlich." Sie drückte meine Hand. Es tat gut. Mit Mayken ist es manchmal wie mit der Fee im Märchen. Sie kommt im richtigen Moment und tut das Richtige.

Trotzdem fühlte ich mich am nächsten Morgen jämmerlich. Kein Katzenjammer von dem Braunbier. Ehrlich. Ich hätte heulen können, weil ich zurückbleiben mußte. Wir standen alle am Kai, Mayken, Sijmen und Tante Griet. Es nieselte. Piets Fell glänzte vor Nässe. Die Segel der Geusenschiffe knatterten leicht im Wind.

Bald waren die „Wraak", der „Seeadler", der „Greifer" und wie sie alle hießen im Dunst verschwunden. Tante Griet weinte.

„Komm", sagte Onkel Jakob mit etwas belegter Stimme zu mir. „Wir haben zu arbeiten."

Was ist das schon für eine Arbeit, dachte ich verdrossen, aber bei dem Brief, den er mir dann diktierte, vergaß ich die „Wraak". Spanische Schiffe hatten Goldbarren nach Antwerpen transportieren wollen. Der Sold für Albas Soldaten. Französische Piraten hatten die Beute gerochen und die Galeonen angegriffen. Den Spaniern war es mit Mühe und Not gelungen, in den englischen Hafen Plymouth zu entkommen. Aber hier waren sie, wie man so schön sagt, vom Regen in die Traufe geraten. Die englische Königin hielt nun die spanischen Schiffe unter mannigfaltigen Vorwänden in Plymouth fest. Beamte Ihrer Majestät beschlagnahmten das Gold und ließen es in die mächtige Londoner Festung, den Tower, schaffen. Der spanische Gesandte protestierte und drohte, aber Elisabeth gab weder Gold noch Schiffe frei.

Das alles berichtete Wesembecke also Oranien in der üblichen geheimen Form, die die Schreiben wie Handelsbriefe erscheinen ließ. Alle Personen trugen Decknamen. Oranien hieß Martin Williams, und Wesembecke unterzeichnete mit Hans Baert.

„Woher wißt Ihr das alles, Onkel Jakob?" fragte ich, während ich Sand auf das Papier streute.

„Die Geschichte pfeifen in London die Spatzen von den Dächern. Man muß nur die Ohren überall haben und richtig hinhören", antwortete Wesembecke ausweichend und vergaß nicht, seinen Spruch hinzuzufügen: Ich brauchte nicht alles zu wissen und solle gegen jedermann verschwiegen sein.

Mir brannte eine andere Frage auf der Zunge. „Kann es wegen der Goldbarren zum Krieg zwischen England und Spanien kommen?"

Jetzt lächelte Onkel Jakob. „Du denkst ja schon wie ein richtiger Staatsmann, Geert. Nun, möglich ist es schon. Wenn England gegen Spanien..." Er sprach seine Gedanken nicht aus, als könne er zuviel verraten. „Siegle den Brief. Er muß noch heute weg."

So vielfältig meine Beschäftigung bei Onkel Jakob auch war, ganz füllte sie mich nicht aus. Oft dachte ich an die Gefährten auf der „Wraak". Ich begann wieder zu zeichnen. Ich malte ein halbes Dutzend Bilder von Mayken und eines von Zwart Karlientje.

Das Bild gefiel Karlientje, und sie hängte es sogleich in die Schankstube, wo Onkel Jakob es aufmerksam betrachtete. „Ähnlich ist es ihr schon. Nur..."

„Ich weiß. Sie ist eine lebenstüchtige, kluge Frau. Das sieht niemand auf dem Bild. Die Züge sind zu glatt, und die Augen..."

Onkel Jakob ermunterte mich, es noch einmal zu versuchen. Und ich machte mich sofort daran. Ich wollte ihm das neue Porträt zeigen, doch dazu kam es nicht mehr. Am Nachmittag dieses Tages war ich zum Hafen gegangen, saß auf dem äußersten Kopf der Mole und mühte mich ab, das komplizierte Mast- und Stangenwerk eines Dreimasters genau aufs Papier zu bringen. Die Arbeit verlangte große Aufmerksamkeit. Deshalb schob ich Pausen ein und sah auf das Gewimmel von Handelsschiffen und Fischerbooten im Hafen. Da entdeckte ich draußen eine Karavelle mit schwarzen Segeln. Ich kniff die Augen zusammen und beschirmte sie mit der Hand. Vom Mast wehte die Geusenfahne. Der „Greifer"! Ich sprang auf und beobachtete, wie sich das Schiff der Reede näherte, in das Hafenbecken einfuhr, Anker warf. Ein Beiboot stieß vom „Greifer" ab und steuerte die nächste Landungsbrücke an. Ich lief zu der Brücke. Vom Steg kam mir Kapitän Lancelot von Brederode leichten Schrittes entgegen. Diesmal trug er ein leuchtend blaues Wams, elegant wie für einen Sonntagsspaziergang. Als er mich sah, stutzte er, und dann überflog ein freundliches Lächeln sein Gesicht. „Schickt mir Jakob Wesembecke seinen Sekretär zum Empfang? Ist Jakob in der ‚Zwarte Karlientje'?"

Ich nickte. Es schmeichelte mir, daß er mich erkannt hatte. In der Hoffnung, den Grund für sein plötzliches Auftauchen zu erfahren, drängte ich mich zwischen ihn und seine beiden Begleiter, große und breitschultrige Männer mit einem blanken Dolch im Gürtel, aber leider fiel kein einziges Wort auf dem Weg.

Onkel Jakob saß im Schankraum. Brederode flüsterte ihm etwas zu, und dann gingen beide in Onkel Jakobs Zimmer. Was sie dort besprachen, muß sehr wichtig gewesen sein, denn nachdem ihn der Kapitän des „Greifers" verlassen hatte, war Onkel Jakob sehr aufgeregt.

Er rief mich sogleich zu sich. „Geh zum Stadthaus und frage nach, ob ein Rollwagen fährt. Oder besser: Horch ein bißchen herum. Nein, warte! Der Tuchhändler in der Bakerstreet kann das für mich tun. Bei ihm fällt es weniger auf. Du schweigst gegen jedermann."

„Ihr habt mir doch gar nichts erzählt, Onkel", sagte ich erstaunt. „Wohin soll denn der Wagen fahren?"

„Du wirst alles zu rechten Zeit erfahren", murmelte Onkel Jakob.

Hätte er doch sogleich geredet! „Reiten wir!" hätte ich geraten. „Reiten wir sofort!" Vielleicht wäre alles anders gekommen. Aber

Jakob Wesembecke blieb verschlossen. Dabei war er seltsam zerstreut. Ich glaube, er wog die verschiedensten Pläne gegeneinander ab. Manchmal legte er beim Essen plötzlich den Löffel aus der Hand, hob den Kopf und starrte vor sich hin. Auf Fragen gab er oft keine Antwort.

„Ihr hört ja gar nicht zu!" sagte Karlientje.

Zwei Tage nach dem Gespräch mit Lancelot von Brederode schickte er mich zu einem Trödler. Ich kaufte für ihn eine abgetragene Robe, wie sie Leibärzte zu tragen pflegen. Bei einem anderen Händler erwarb ich allerhand Fläschchen und Salbenbüchsen und zwei dicke Folianten. Als ich mit dem Kram beladen zurückkehrte, fand ich Onkel Jakob in der hellsten Aufregung. Er nahm mich sofort in seine Kammer mit. „Ich war ausgegangen", erzählte er hastig. „Als ich zurückkam, fand ich das hier vor." Er wies auf ein wirres Durcheinander. Kisten und Kästen waren aus dem großen Schrank herausgezogen, die Truhe aufgebrochen und ihr Inhalt auf den Boden verstreut. Der Strohsack auf dem Lager war aufgeschlitzt und das Unterste zuoberst gekehrt.

„Es sieht aus, als hätten drei Affen hier den ganzen Tag Verstecken gespielt."

Onkel Jakob lächelte, aber wohl nicht wegen dieser dummen Bemerkung. „Sie haben den Brief gesucht, aber ich trage ihn bei mir. Ich glaube, jetzt muß ich dir alles erzählen. Erinnerst du dich an die Geschichte mit dem beschlagnahmten Gold? Du kannst dir denken, wie wütend Alba ist. Lancelot von Brederode brachte ein spanisches Patrouillenboot auf. Bei dem Kampf kam der spanische Kapitän ums Leben. Bei ihm wurde ein Brief Albas an König Philipp gefunden. Hier!" Er zog ein zerknittertes Papier mit aufgebrochenem Siegel unter seinem Wams hervor. „Alba schlägt seinem König vor, in England einzufallen, sich das Gold wiederzuholen und die Ketzerkönigin aufs Schafott zu bringen. Verstehst du, wie wichtig der Brief ist, Junge? Ich muß ihn Sir Francis Walsingham, dem Beauftragten für die Sicherheit des Landes, oder der Königin übergeben. Wenn sie den Brief gelesen hat, wird sie ihre Neutralität aufgeben und gegen die Spanier losschlagen. Dann ziehen wir mit englischer Hilfe in die Niederlande ein und jagen Alba zum Teufel!"

Mein Herz schlug wild. Ich begriff alles, nur eines nicht: „Weshalb sind wir nicht sofort nach London aufgebrochen, Onkel Jakob?"

„Die Sache will überlegt sein, Junge. Ich hielt es für klug, als Arzt verkleidet in Gesellschaft zu reisen. Zwei Reiter sind vor Überfällen nicht sicher."

„Eine Reisegesellschaft auch nicht!"

„Ich fürchte, du hast recht. Wir brauchen die Arztrobe und den Krempel, den du gekauft hast, nicht mehr. Sie wissen, daß ich den Brief habe, und sie werden mich nicht aus den Augen lassen und alles daransetzen, ihn wiederzubekommen. Es gibt nur einen Ausweg, Geert. Du mußt den Brief an dich nehmen. Bei dir wird ihn niemand vermuten. In der Morgendämmerung brichst du nach London auf, dort wartest du in „Smuggler's Roost" auf mich. Das ist ein kleines Wirtshaus in der Guilford Street im Hafenviertel. Du wirst es finden. Sag dem Wirt, Hans Baert schickt dich. Er wird dich dann freundlich aufnehmen."

„Und Ihr, Onkel Jakob?"

„Ich reise mit einer Rollwagengesellschaft. Das geht ein wenig langsamer, aber morgen abend bin ich bestimmt auch in London. Sollte ich nicht kommen, warte noch bis zum folgenden Nachmittag." Er stockte und fuhr dann entschlossen fort: „Dann versuche selbst, zu Sir Francis Walsingham vorzudringen. Ich vertraue dir den Brief an. Hüte ihn wie dein Leben, Geert!"

Ich nickte.

Er wiederholte alle Anweisungen und ließ sie sich zweimal hersagen. Dann drückte er mir einen Beutel mit Goldstücken in die Hand. „Für den Notfall."

Ich hatte Angst um Onkel Jakob, aber in der Aufregung schob ich sie beiseite.

Karlientje besaß zwei Reit- und Kutschpferde, beides Tiere, die ihre Jahre gedient hatten und von einem reichen Herrn wohl schon dem Schinder zum Kauf angeboten worden wären. Sie ließ das kräftigere für mich satteln. „Bis London wird es dich tragen." Mayken packte Brot und Speck in den Mantelsack. Ich suchte meine paar Sachen zusammen, und dann legte ich mich nieder, aber in der Nacht tat ich kein Auge zu.

Noch vor dem ersten Hahnenschrei ritt ich durch die verschlafenen Gassen Dovers. Die Wache am Tor ließ mich ohne Fragen passieren. Onkel Jakob hatte dem Offizier am Abend zuvor Geld zugesteckt.

Hinter der Stadtmauer gab ich dem Pferd die Sporen. Das Tier fiel in einen müden Trab. Es dämmerte. Der Weg führte durch feuchten Laubwald. Vom Boden stieg Nebel auf, und die Vögel begannen ihr Morgenkonzert.

Ich schlug dem Pferd leicht auf den Nacken und drückte die Sporen fester. Die verflixte Mähre wollte nicht schneller laufen. Immerhin blieb sie in ihrem gleichmäßigen Trab. Ich hatte lange nicht auf einem Pferd gesessen. Fast fünf Jahre war es her, seit ich das letzte Mal auf Großvater Greshams Landsitz in der Nähe von Brügge geritten war.

Ich war sehr vorsichtig und mied die Dörfer. Wahrscheinlich brauchte ich die doppelte Zeit, die ein Eilbote benötigt. Die Sonne stand jedenfalls hoch am Himmel, als ich die Stadt erreichte. Jedermann in London kann einem Fremden den Weg zur großen Themsebrücke zeigen, zum Tower oder der Westminster-Abtei, deren Doppelturm man schon von weitem sieht. Sich nach „Smuggler's Roost" durchzufragen ist schon schwieriger. Wer aber ein bißchen Geduld hat und sich nicht scheut, den Mund aufzumachen, findet auch dorthin. Jedenfalls saß ich am frühen Nachmittag als einziger Gast in der von Onkel Jakob bezeichneten Hafenkneipe. Das Pferd stand versorgt im Stall. Ich hatte mir den Magen mit Schinken, Eiern, Brot und süßem Tee vollgeschlagen. Der Brief ruhte sicher an meiner Brust, und ab und an hielt ich Ausschau nach Onkel

Jakob. Hätte ich gewußt, daß der schwierigste Teil des Auftrags noch vor mir lag, wäre ich wohl kaum so ruhig gewesen.

Ich vertrieb mir die Zeit, so gut ich konnte. „Ein weiser Mann ist nie ohne Beschäftigung", sagt ein Sprichwort, und ich sage, ein Maler auch nicht. Er hat sein Zeichenzeug bei sich und findet immer etwas zum Abbilden.

Als die ersten Gäste kamen, Themsefischer, Händler und Handwerker, steckte ich Block und Silberstift weg. Leuten, die nicht gern sehen wollen, was einer zeichnet, bin ich noch nicht begegnet, und jetzt lag mir eine Menge daran, keine Neugierde zu erwecken.

Ich verdrückte mich in eine Ecke. Es dämmerte. Onkel Jakob hätte längst hiersein müssen.

Der Wirt brachte mir das Abendessen. Ich aß gedankenlos und behielt die Tür im Auge.

Onkel Jakob kam nicht.

„Willst du nicht zu Bett gehen?" fragte der Wirt zu später Stunde. Ich nickte. Die letzten Gäste hatten die Stube verlassen.

„Wenn Hans Baert eintrifft, weckt mich sofort!"

Der Wirt versprach es und rief nach der Magd.

Sie stellte ein Licht in meine Kammer, und obwohl ich sehr unruhig war, schlief ich rasch ein. Als ich aufwachte, war es heller Tag. Onkel Jakob war noch immer nicht gekommen. Am liebsten wäre ich zurückgeritten, doch das verstieß gegen die Abmachung. Ich wartete bis zum Spätnachmittag. Dann erkundigte ich mich bei dem Wirt, wie ich Sir Francis Walsingham erreichen könnte.

Der Wirt musterte mich so mitleidig, als habe ich mir vorgenommen, den Ozean zu durchschwimmen oder zum Mond zu fliegen. „Zu Sir Francis willst du, Bursche? Wie stellst du dir das vor? Walsingham ist einer der mächtigsten Männer Englands. Leiter des königlichen Sicherheitsamtes und enger Vertrauter Ihrer Majestät. So ein hoher Herr läßt dich nicht in seine Nähe. Versuch einen Mordanschlag auf die Königin! Du wirst festgenommen, und vielleicht verhört er dich höchstpersönlich, bevor du im Tower den Kopf auf den Block legst. Ich wüßte nicht, wie du ihn sonst sehen könntest."

Dumme Witze kann jeder machen, dachte ich verärgert, fragte aber noch, wo der mächtige Lord wohne.

„Sein Palast steht am Strand", antwortete der Wirt. „Einen Teil des Tages soll er sich im königlichen Schloß Whitehall aufhalten."

Ich machte mich auf den Weg. Am Strand, der gepflasterten Straße an der Themse, stehen viele Paläste, aber es war nicht schwer, den Wohnsitz von Sir Francis zu finden.

Die Posten am Tor, zwei große Kerle in scharlachroten Röcken, wiesen mich unfreundlich ab.

Ich holte Zeichenblock und Stift hervor und erklärte ihnen, wie herrlich ihre Kleider auf einem Ölbildnis zur Geltung kämen, das ich für sie anfertigen könnte. Der Trick verfing nicht wie damals bei Gonzalo und seinen Kumpanen. Im Gegenteil: Mein Zeichenzeug erregte ihr Mißtrauen, und sie jagten mich weg. Da war guter Rat teuer. Ich schlenderte in Richtung Whitehall. Vielleicht befand sich Walsingham im Schloß der Königin. Irgendwann mußte er dort ja wieder herauskommen, dachte ich in der Hoffnung, ihn dann ansprechen zu können. Während ich über all das nachdachte, war ich in das Menschengewühl eines großen Platzes geraten und stieß mit einem Marktweib zusammen.

„Paß auf, Träumer!"

Entschuldigung, Madame, ich..." Mitten im Satz brach ich ab, stürzte davon und rempelte die Frau dabei ein zweites Mal.

„Lümmel!"

Ich konnte jetzt keine Rücksicht nehmen. In der Menge hatte ich für einen Augenblick Hasenschartes schiefes Gesicht entdeckt.

Hasenscharte in London? Sollte er nicht im Hospital zu Dover liegen? Mein Mißtrauen war geweckt.

Ich schob mich durch die Menschen, erntete Flüche und Schimpfworte und kam Hasenscharte näher.

Er befand sich in der Gesellschaft von zwei Männern. Der eine war hochgewachsen und rotblond. Irgendwo hatte ich ihn bestimmt schon einmal gesehen, vielleicht in Dover. Ich hätte es nicht beschwören können. Der andere war ungefähr so groß wie Hasenscharte und wohlbeleibt. Ein schwarzer Bart wucherte in seinem Gesicht, am Hinterkopf waren die Haare ausgegangen, und er sah wie ein Mönch aus, der sich die Tonsur frisch hatte schaben lassen. Man sah, daß er aus dem Süden kam, und ich hätte die restlichen Goldstücke in meinem Beutel wetten mögen, daß er ein Spanier war.

Die drei gingen langsam der Nordseite des Platzes zu. Worüber mochten sie sprechen? Hasenscharte befand sich ganz gewiß nicht in Kapitän Ruichavers Auftrag in London. Er würde bei einer Kaperfahrt sicher nicht auf seinen Bootsmann verzichten. Irgend etwas stimmte nicht. Die Neugier zwackte mich, und ich hatte das Gefühl, einer Verräterei auf der Spur zu sein.

„Bring erst eine Sache zu Ende, bevor du eine andere beginnst", hieß ein Leitsatz von Onkel Jakob. Weshalb habe ich ihn an diesem Tage nicht beherzigt! Mein Auftrag lautete, den Brief abzuliefern, trotzdem folgte ich den drei Männern.

Im Getriebe des Marktes bemerkten sie mich nicht, und im Gewühl auf dem Kingsway verlor ich sie sogar für kurze Zeit aus den Augen. Den Rotblonden und den Dicken entdeckte ich wieder, aber Hasenscharte blieb verschwunden. Wäre ich doch umgekehrt! Aber ohne lange zu überlegen, ging ich den beiden nach, vielleicht konnte ich etwas Wichtiges in Erfahrung bringen.

Sie verließen den Kingsway und bogen in eine wenig belebte Nebenstraße ein. Die Gefahr, entdeckt zu werden, vergrößerte sich, denn nun konnte ich mich nicht mehr in der Menge verbergen.

Ich folgte ihnen vorsichtig in den schmalen Gassen, benutzte Torbögen und Mauervorsprünge als Deckung und hielt weiten Abstand.

Der Rotblonde blickte sich einmal um, aber ich glaubte, er hätte mich nicht bemerkt.

An den Ecken wartete ich, bis die beiden fast das Ende der

nächsten Gasse erreicht hatten. Waren sie außer Sicht, stürmte ich, so schnell es die schlammigen Wege zuließen, hinterdrein, immer in der Furcht, sie zu verlieren.

Nach einer guten Viertelstunde betraten sie ein Schankhaus. Ich ließ ein paar Minuten verstreichen und folgte ihnen dann in die niedrige Wirtsstube. Sie war sehr klein. Von fünf Tischen waren vier leer. Am fünften saßen der Rotblonde und der Dicke zusammen mit drei anderen Männern.

Ich ging ein paar Schritte, stieß gegen eine am Querbalken hängende Funzel und blieb unschlüssig stehen.

Alle fünf starrten mich an. Ihre Blicke sagten mir, daß ich eine Riesendummheit begangen hatte. Der Brief, an den ich im Verfolgungseifer nicht mehr gedacht hatte, drückte auf einmal wie ein schwerer Stein auf meine Brust. Wie konnte ich meinen Auftrag vergessen! Ohne daß ein Wort gefallen war, hatte ich meinen Entschluß gefaßt. Weg von hier! Ich drehte mich um und stürzte zur Tür, aber ein baumlanger Kerl stand wie aus dem Boden gewachsen da und versperrte mir den Ausgang.

„Na, na, junger Freund", sagte der Rotblonde, „du wirst doch nicht den weiten Weg gemacht haben, ohne das Bier zu kosten?"

Der Lange schubste mich zurück in die Stube.

„Ich suchte..."

„Nachgegangen bist du uns. Hat dich Wesembecke damit beauftragt?"

Sie kannten mich also. Ich war in eine Falle geraten. Daß ich Hasenscharte mit ihnen zusammen gesehen hatte, wußten sie offenbar nicht.

Der Rotblonde schien von mir keine Antwort auf seine Frage zu erwarten. Er warf dem langen Kerl hinter mir einen Blick zu. Ich erhielt plötzlich einen Schlag auf den Schädel, und mir wurde schwarz vor Augen. Aus der Ferne hörte ich Stimmen, und jemand zerrte an meinem Wams.

Als ich erwachte, war es schon dunkel, und ich brauchte einige

Zeit, um festzustellen, daß ich in einem Gebüsch irgendwo am Ufer der Themse lag. Ich erhob mich, taumelte ein paar Schritte und mußte mich wieder hinlegen. Mir zitterten die Knie wie nach einer langen Krankheit.

Allmählich kehrte die Erinnerung zurück.

Ich suchte nach dem Brief unter meinem Wams. Er war weg! Hätte mein Kopf nicht zum Zerbersten geschmerzt, so hätte ich mich kräftig vor die Stirn geschlagen. Was war ich für ein Dummkopf! Wie konnte ich den Kerlen hinterherlaufen und meinen Auftrag vergessen! Hätten sie mich doch gleich totgeschlagen.

In meiner Verzweiflung wollte ich liegenbleiben und gar nicht mehr aufstehen.

Plötzlich lief es mir heiß und kalt den Rücken hinunter. Wann hatten sie mich überhaupt entdeckt? Was konnte passieren, wenn sie mich doch noch gesehen hatten, bevor Hasenscharte in der Menge verschwunden war?

Aber nein, dachte ich erleichtert, dann hätten sie dich gleich totgeschlagen. Offenbar waren die beiden erst in einer der Seitengassen auf mich aufmerksam geworden. Ich erhob mich nun mühsam und schleppte mich zu ,,Smuggler's Roost".

Der Weg nach Dover kam mir wie ein Bußgang vor. Ich zitterte vor dem Moment, da ich Jakob Wesembecke alles gestehen mußte. Ich war ein Versager, hatte eigenmächtig und töricht gehandelt und den Auftrag nicht ausgeführt. Konnte es etwas Schlimmeres geben? Vor Scham hätte ich in die Erde versinken mögen.

Eine Schuld wird nicht geringer, wenn man sie niemandem einzugestehen braucht.

Als ich nach Dover kam, lag Onkel Jakob schon unter der Erde. Meine trüben Ahnungen!

Mayken erzählte mir, was sie gehört hatte. ,,Keine fünf Meilen von Dover entfernt haben Banditen den Rollwagen überfallen. Sie raubten die Reisenden aus und erschlugen Jakob Wesembecke. Weshalb ausgerechnet ihn?" fragte sie.

Ich konnte es mir denken, aber ich schwieg und heulte und schämte mich nicht darum. Onkel Jakob war tot. Er war wie ein Vater zu mir gewesen. Ich hatte nur einen Wunsch, meinen Fehler wiedergutzumachen. Hatte ich nicht schon ganz gut mit dem Degen fechten können? Und die Seekrankheit mußten auch andere schon überwinden. Jeden Tag fieberte ich der Rückkehr der „Wraak" entgegen. Die „Wraak", die Rache, war mein Schiff.

Ein Herbststurm fegte durch Dover. Mayken kam vom Fischmarkt zurück. Ihre Haare waren zerzaust, und sie war ganz außer Atem. „Westlich von der Mole ist ein Dreimaster gestrandet, und in der Stadt wirbeln die Schindeln von den Dächern."

Der Sturm rüttelte an den Fensterläden. In der Schankstube plärrte Hasenscharte mit zwei Kumpanen.

„Whisky braucht der Mann auf See,
viel Whisky, Johnny.
Ich trinke Whisky, wo ich steh,
her mit Whisky für Johnny."

So ging es den ganzen Morgen. Sie grölten von Schnaps und Weibern. Immer dasselbe.

Zwei Wochen nach meiner Rückkehr aus Londen war Hasenscharte aufgetaucht.

„Siehst gut aus", hatte Karlientje gesagt.

„Komm eben aus dem verfluchten Spital und fühl mich so wacklig wie ein Fohlen, das die erste Stunde auf den Beinen steht und noch 'ne Menge Muttermilch braucht. Meine Milch ist dein Bier, Karlientje. Trink einen Krug mit zur Begrüßung." Prahlerisch hatte er aus einem vollen Beutel Goldstücke auf den Tisch geschüttet, eine Münze ausgewählt und sie Karlientje zugeworfen.

Ich war nahe daran gewesen, ihn zu fragen, wie denn in London das Bier geschmeckt und wer ihm das Geld gegeben habe, aber ich schwieg.

Hasenscharte soff jeden Tag, fluchte und führte schlechte Reden.

Ich ging auf den Hof, um Holz für das Kaminfeuer zu holen.

Als ich zurückkam, hatte er Mayken an den Tisch gezogen und betätschelte sie.

„Laßt mich los!" Mayken warf mir einen hilfesuchenden Blick zu.

„Zier dich nicht, Kleine, und leiste mir und meinen Freunden Gesellschaft", knurrte Hasenscharte und zwang sie auf seinen Schoß.

„Ihr sollt sie loslassen", sagte ich drohend. „Habt Ihr nicht gehört?"

„Misch dich nicht ein, Kleiner. Hattest du nicht versprochen, mir meine Stiefel vom Schuster zu holen? Sollten heute fertig sein."

Er warf mir eine Silbermünze zu. Ich wich aus. Die Münze sprang zweimal von den Dielenbrettern zurück, bevor sie liegenblieb.

„Ich bin nicht Euer Dienstbote."

„Scher dich zum Teufel! Verschwinde!"

„Laßt Mayken los!" Ich riß ein brennendes Buchenholzscheit aus dem Kamin und sprang auf ihn zu.

Er geriet für einen Augenblick außer Fassung. Mayken nutzte den Moment und entschlüpfte ihm.

„Das büßt du mir, Bursche!" Er stieß den Stuhl um und wollte sich auf mich stürzen.

Die anderen hielten ihn zurück. „Laß das, Hendrik. Das Weibsbild ist doch noch ein Kind. Komm, wir würfeln ein paar Runden."

Hasenscharte schoß mir einen giftigen Blick zu. „Dreckskerl", zischte er. „Die Rechnung begleichen wir noch!"

Karlientje kam dazu. „Wenn du das Mädchen noch einmal anfaßt, schmeiß ich dich raus, Hendrik Verdelot."

„Du mußt dich vor ihm in acht nehmen", sagte Mayken in der Küche zu mir. „Er ist heimtückisch und wird es dir nicht vergessen." Sie zitterte am ganzen Leib.

Ich strich ihr beruhigend über das Haar. „Sein Freund wäre ich ohnehin nicht geworden. Er soll dich in Ruhe lassen."

Sie drückte meine Hand. Was gab's da auch viel zu reden.

Mancher macht sich über alles und jedes ängstliche Gedanken. Er bürdet sich unnötig Sorgen auf und läuft damit herum wie ein bepackter Esel. So einer bin ich nicht, weiß Gott. Nicht, daß ich leichten Herzens über den verpatzten Londoner Auftrag hinwegging. Ich hatte versagt und machte mir bittere Vorwürfe. Aber ich wollte meinen Fehler wiedergutmachen und durfte mich nicht mit Selbstbezichtigungen traktieren. Dazu war auch gar keine Zeit. Ich hatte nämlich 'ne Menge zu tun.

Wer zur See fahren will, braucht eine richtige Seemannskiste. Es gehören zwei wollene Decken hinein, Beinlinge und Stiefel für kalte Tage, eine zünftige Teerjacke, ein Zeugsack für schmutzige Wäsche und noch viel anderer Kram. Das alles besorgte ich mir von den restlichen Münzen aus Onkel Jakobs Beutel und vergaß auch das Wichtigste nicht: einen Ledergürtel und ein scharfes Messer. Ich brachte die Sachen heimlich in meine Stube, denn Mayken sollte sich nicht vorzeitig beunruhigen. Aber als ich die Kiste hochschleppte, lief sie mir über den Weg. Ich bekam einen roten Kopf.

„Also doch", sagte Mayken. Ihre Augen wurden feucht. Wenn sie nur nicht heulte. Wer kann das schon ertragen.

Mayken nahm sich zusammen und half mir sogar, die Kiste hinaufzutragen.

„Warum hast du mir nichts gesagt?"

Ich legte den Arm um ihre Schulter wie ein großer Bruder. „Ich wollte es dir erst sagen, wenn die Geusenschiffe wieder zurück sind."

„Du verträgst die See nicht. Es wird dir schlecht gehen."

„Vielleicht. Aber was soll ich denn machen? Als Hausbursche bei Karlientje dienen?"

„Karlientje sagt, Jakob Wesembecke habe dir etwas vererbt. Du könntest die Lehre abschließen."

„Andere kämpfen, und ich verkriech mich in einer Malerwerkstatt. Nein, Mayken."

Sie entzog sich meinem Arm und fragte tapfer: „Hast du schon alles zusammen?"

Ich zeigte ihr meine Schätze.

„Eine richtige Wollmütze für kalte Tage fehlt dir noch. Ich strick dir eine. Aber du mußt sie auch tragen. Einen Mann mit erfrorenen Ohren brauch ich nicht."

Hatte ich mich verhört? Hatte sie tatsächlich „Mann" gesagt? Die Sommersprossen im Gesicht prickelten. Ein Gefühl ist das! Als ob einem scharfer Wind haarfeinen Regen ins Gesicht treibt. Na, so ungefähr. Dann wurde mir ganz heiß. Mußte ich jetzt etwas Feierliches sagen? Mußte ich ihr einen Kuß geben? Ich wurde der Entscheidung enthoben. Mayken war schon aus dem Zimmer.

Jeder weiß nun, daß ich Mayken sehr gern mochte. Wir waren gute Freunde. Denkt aber deshalb nicht, daß ich ständig um sie herumschwänzelte. Im Gegenteil: Als die „Wraak" und drei weitere Geusenschiffe einliefen, hatte ich nur noch Augen und Ohren für die Seeleute.

Die „Wraak". Endlich! Tijs und Jan kamen mir vom Landungssteg entgegen. Umarmungen und großes Getue beim Wiedersehen hat es zwischen uns nie gegeben.

„Tag", sagte Jan.

„Wie geht's, alte Landratte?" fragte Tijs. „Deine rote Mütze haben wir schon vom Kanal aus gesehen. Leuchtete wie ein Blinkfeuer."

„Spinnst du Seemannsgarn? Die Mütze hat übrigens Mayken gestrickt."

„Glückspilz!"

Wir klopften einander auf die Schulter. Und dann gab es natürlich viel zu erzählen. Tijs berichtete vom Kampf mit einem spanischen Schiff und wie er einmal fast über Bord gegangen wäre.

Ich kam mir ganz klein vor. Am liebsten hätte ich meine Londoner Erlebnisse verschwiegen, aber ich hatte beschlossen, mit Tijs und Jan darüber zu sprechen, und das tat ich dann auch.

„Du hast in guter Absicht gehandelt", sagte Tijs nach einigem Nachdenken, „aber du hast einen Befehl nicht befolgt. Das ist genau wie auf einem Schiff: Wenn dort jemand eine Anweisung nicht ausführt, können alle in Gefahr geraten."

So hatte ich ihn noch nie reden hören, so vernünftig wie ein Erwachsener.

Ich muß recht verzweifelt dreingesehen haben, denn Jan klopfte mir tröstend auf die Schulter. „Na, geschehen ist geschehen. Man sagt, Walsingham habe sehr gute Agenten. Sicher wird die Königin von ihm ohnehin gewarnt." Ein schwacher Trost.

Die Rede kam auf Jakob Wesembeckes Tod, und dann schwiegen wir eine Weile.

„Und Hasenscharte hältst du tatsächlich für einen Spitzel?" fragte Tijs noch einmal.

„Wenn ich es euch doch sage. Ich habe ihn mit den Männern zusammen gesehen, die mich niederschlugen und mir den Brief raubten. Ich werde mit Ruichaver sprechen und ihm meinen Verdacht mitteilen."

Tijs wiegte nachdenklich den Kopf. „Würde ich nicht tun. Der Kapitän hält große Stücke auf Hasenscharte. Vielleicht glaubt er dir nicht oder denkt, du wolltest ihn anschwärzen, weil du wegen Mayken mit ihm Streit hattest. Das würde Hasenscharte nur recht geben und alles noch komplizierter machen."

Jan stimmte ihm zu. „Aber wir müssen ihn beobachten. Wenn er ein Verräter ist, kann er sehr gefährlich werden. Plant er wirklich etwas gegen uns, werden wir es bemerken, denn wir sind gewarnt, und dann haben wir mehr als einen Verdacht und können es Ruivacher erzählen."

Nun gut, mir war nicht sehr wohl dabei, aber ich hatte eine bessere Lösung.

Zum zweiten Mal bat ich Ruichaver, mich in die Mannschaft der „Wraak" aufzunehmen. Der Kapitän hatte wohl 'ne Menge anderer Sorgen, denn er schenkte mir nicht mehr als einen flüchtigen Blick. „Bißchen spillrig bist du, aber keine Bange: Wir machen schon einen Kerl aus dir. Schaff deine Sachen an Bord!"

Ich bat Tijs, mir zu helfen.

Er bestaunte meine Seemannskiste. „Feiner Kasten, sogar mit Schnitzereien. Sicher von einem Steuermann." Dann schüttelte er den Kopf. „Für einen Schiffsjungen ist die Kiste zu groß. Die kippt dir der Alte glatt über Bord. Dafür ist unter der Back kein Platz." Ich schnürte also die wichtigsten Dinge zu einem Bündel und vergaß auch mein Zeichenzeug nicht. Caspars Bilder legte ich mit in die Kiste.

An Deck empfing uns Hasenscharte. Seine Augen glitzerten boshaft.

„Ah, der junge Herr Maler begibt sich an Bord und läßt seine kleine Freundin einsam an Land zurück. Möchtet Ihr hier Eure Zeichenstudien fortsetzen?" fragte er hämisch, und dann herrschte er mich barsch an. „Von jetzt ab gilt mein Befehl für dich, Bengel! Gnade dir Gott, wenn du nicht aufs Wort gehorchst." Er griff in die breite Krempe seines Hutes. Unvermutet, wie bei einem Zauberkünstler, hielt er ein verknotetes Tauende in der Hand. Das Tau sauste dicht an meinem Ohr vorbei. Ich zuckte zur Seite. Hasenscharte lachte bösartig. „Hier schützt dich keine Karlientje, Freundchen. Hier springst du, wie es mir paßt. Gut, wenn du es gleich begreifst. Mancher versteht das erst mit dem Streifenmuster der neunschwänzigen Katze auf dem Rücken oder im Bauch eines schönen glatten Haifisches."

War es Zufall, daß ich unter Hasenschartes Kommando kam? Ich hätte ihm ins Gesicht spucken können, aber ich beherrschte mich. Ich wollte der sein, der zuletzt lacht. Im Bauch eines Haies war das schlecht möglich. Also sagte ich mir: Ruhe bewahren, und quetschte heraus, ich wolle mir alle Mühe geben.

Das höhnische Grinsen wich auch bei meiner beflissenen Antwort nicht aus seinem Gesicht.

„Hast bei ihm keinen Stein im Brett", sagte Tijs auf dem Weg zur Back. „Er ist zu niemandem freundlich, doch gegen dich scheint er einen besonderen Groll zu hegen. Aber paß jetzt lieber auf! Das Deck ist glitschig."

Tatsächlich stolperte ich über eine Taurolle und wäre um ein Haar ausgerutscht.

Tijs blieb an einer Luke im Vorderdeck stehen.

Ich blickte ratlos in das viereckige Loch. „Schlafen wir etwa da unten?"

Er nickte: „Ein bißchen dunkel, aber du gewöhnst dich dran. Achtung, die letzten beiden Stufen der Leiter fehlen."

Er warf mein Bündel voraus und kletterte hinab. Ich folgte ihm. Gestank schlug mir entgegen. Es roch nach faulem Wasser, Teer und Schwefel.

„Kommt von der Bilge und dem Zeug, mit dem sie den Unterwasserrumpf anstreichen. Mit der Zeit merkst du es gar nicht mehr", tröstete Tijs mich, als hätte er meine Gedanken erraten.

Ich richtete mich auf. Mein Kopf stieß an einen Balken und mein Schienbein an eine Seekiste. Verdammt. Meine Augen gewöhnten sich nur langsam an das Dämmerlicht. Der Raum war dreieckig, dem Bug des Schiffes angepaßt, kleiner als unsere Wohnstube in der Goudsmidstraat und sehr niedrig. Zwischen den Balken baumelten Hängematten.

„Ich rate dir, nicht in einer Hängematte zu schlafen", sagte Tijs. „Da hast du die Schaukelei doppelt. Leg dich am besten neben mich."

Zwischen den Seekisten war nicht viel Platz. Ich legte mein Bündel neben Tijs' Sachen und streckte mich zur Probe auf dem nackten Boden aus. Man hörte das Wasser an den Bordwänden, und das Schiff schaukelte leicht. Im Gebälk knarrte und ächzte es. Mir stand keine leichte Zeit bevor.

Die „Wraak" ist ein Dreimaster. Ich vermute, sie wurde auf einer englischen Werft gebaut. Auf dem Vorderschiff nach Bug hin steht der Fockmast, auf dem Mittelschiff der hohe Großmast und hinten der Besanmast. Man darf sich die „Wraak" nicht sehr prächtig vorstellen. Ganz ehrlich: am schönsten sieht ein Schiff aus der Ferne aus. Vor dem Himmel erscheinen die geblähten Segel wie riesige Vögel, die über dem Wasser schweben. Man denkt an die Weite des Meeres und weiß nicht, wie knapp bemessen der Raum auf so einem Schiff ist.

Vom Vordersteven zum Achtersteven mißt die „Wraak" ganze achtzig englische Fuß, und ein geübter Weitspucker bringt es bei günstigem Wind sicher fertig, von der Reling an Backbord bis über Steuerbord zu spucken. Na, gesehen habe ich das nie. Ich will damit auch nur sagen: Unser Schiff ist kaum fünf Meter breit. Da könnt ihr euch denken, wie eng es im Zwischendeck zugeht. Hier lagern in verschiedenen Kammern Vorräte und Trinkwasser, Anker, Seile, Segeltuch und Reparaturhölzer, Pulver und Kugeln. In einem Teil des Zwischendecks hatte Ruichaver das Batteriedeck für ein Dutzend schwerer Kanonen, wir nennen sie Stücke, einziehen lassen. Ihre Mündungen starren durch Öffnungen in den Seitenwänden hinaus auf das Meer. Die Stückpforten lassen sich natürlich durch dicke Deckel verschließen.

Für das halbe Hundert Männer der „Wraak" bleibt nicht viel Platz. Sie liegen zusammengepfercht wie die Heringe in der Tonne.

Der Kapitän und die Steuerleute in der Hütte, dem Aufbau auf dem Heck, haben es natürlich bequemer.

Meine Unterkunft war muffig, dunkel und feucht. Was machte es? Was kümmerte mich Hasenschartes Bosheit? Zum Teufel mit allen Sorgen! Zum Teufel mit der Seekrankheit! Es ging gegen die Spanier!

„Trink, Junge! Das gibt Kräfte. Da wird das Klettern in den Wanten ein Kinderspiel!" schrien sie am Abend in der Schankstube.

Ich leerte einen ganzen Krug Braunbier.

Die von der „Wraak" begossen meine Aufnahme in die Mannschaft. Sie taten es reichlich und bekamen heiße Köpfe. Karlientje und Mayken hatten alle Hände voll zu tun, daß immer neues Bier in die Krüge kam. Über unserem Tisch hing das Bild der Wirtin, das ich gemalt hatte, als Onkel Jakob noch lebte.

„Bist du das, Karlientje?" fragte Gerbran Onwater, der grauhaarige Segelmacher der „Wraak", und zeigte auf das Bild an der Wand."

„Ja, das hat Geert gemalt."

„Bravo, Farbenkleckser!" lobte der kleine, bucklige Mann.

Der „Farbenkleckser" machte die Runde, und weil Spitznamen an Bord üblich sind, hatte ich meinen gleich weg. Farbenkleckser war zu lang, so nannten sie mich an Bord nur noch Klecks. Und so rief es in einem fort:

„Klecks, wo bleibt unser Tee?"

„Klecks, schaff Ordnung unter Deck!"

„Klecks, ich brauch drei Ellen Tau aus dem Kabelgatt."

Kabelgatt. Wieder so ein verflixtes Wort. Zum Glück stand Jan in der Nähe. „Was ist ‚Kabelgatt'?"

„Mann, wo der Anker aufbewahrt wird und das Tauwerk liegt."

„Kluger Kopf", sagte ich spöttisch, weil er so erfahren tat. „Und wo ist das?"

„Die Luke vor dem Fockmast."

Ich kletterte ins Zwischendeck. Ich rannte vom Vorderdeck zum Achterdeck. Ich putzte für den Koch die Töpfe. Jeder kommandierte mich herum wie in den ersten Wochen in Huchtenbroeks Werkstatt. Hatte ich daran gedacht, als ich von kühnen Piratenstreichen träumte?

Wer sich selbst gut zuredet, erträgt manches leichter.

Sei vernünftig, Geert, sagte ich mir. Jeder muß an Bord arbeiten, und mit neuen Besen kehrt man gern. Wenn nur Hasenscharte nicht wäre. Tijs hatte recht gehabt. Er war wirklich ein Schinder.

Kurz bevor wir in See stachen, luden wir Vorräte: Erbsen, Bohnen, Hartbrot, gesalzenen Fisch, Käse, Öl, Bier, Branntwein und vor allem Wasser. Fünfzig Männer vertilgen 'ne ganze Menge in ein paar Wochen.

Ich rollte gerade ein Faß zur Ladeluke, als mich Hasenscharte rief.

„Komm her, Hofmaler, ich habe einen Sonderauftrag für dich."

Ich fluche, natürlich nicht laut, denn Hasenschartes Extraaufträge kannte ich. Das Deck unter den Stücken auf Knien mit einem kleinen Bimsstein scheuern, bis die Knie wund waren und die Hände dicke Blasen hatten, oder stinkenden Schutzanstrich aus Holzkohlenpulver, Ruß, Talg, Schwefel und Pech mischen, daß man noch Tage danach roch.

„Will doch sehen, wie du deine Landhammelbeine in den Leinen bewegst", sagte er laut genug, daß es ein paar von den anderen Männern hörten. „Der Großmast muß gestrichen werden. So ein Ding kann man nicht umsägen und hinlegen, verstehst du. Da muß man rauf, mit Harpüse und Pinsel."

Ich erinnerte mich, daß Bällchen auf den beißenden Geruch im Mastkorb geschimpft hatte. „Er ist doch erst gestrichen worden."

„Halt's Maul, Bengel. Willst du deinem Steuermann widersprechen?"

Es stimmte also, was ich schon gehört hatte. Hasenscharte war von Ruichaver zum Steuermann gemacht worden.

„Er muß zweimal gestrichen werden. Und diesmal bist du dran."

Jeder Widerspruch war sinnlos.

Der Bottich mit Harpüse, dieser bräunlichen Brühe aus Fichtenharz und Holzkohlenteer, stand neben dem Rettungsboot.

„Teer hält das Schiff über Wasser", sagte Ruichaver. Die Leute der „Wraak" hatten in den letzten Tagen die Reling, das Ankerspill und 'ne Menge anderer Dinge, deren Namen ich mir nicht merken konnte, mit dem beißenden Zeug gestrichen.

Ich schöpfte also Harpüse in den Eimer, ging damit zum Mast und blickte hilflos nach oben in das Gewirr von Seilen und Strickleitern.

Tijs hielt mir das Ende einer Strickleiter hin. Er wollte mir behilflich sein. „Die mußt du nehmen. Willst du den Eimer nicht am Gürtel festbinden?"

„Es geht schon so."

Manchem wird schwindlig, wenn er von einer Brücke in die Tiefe schaut oder wenn er auf einem Turm steht. Ich war mit Farbtöpfen und Eimern über schwankende Brettergerüste balanciert und hatte die Kapellendecke der neuen Antwerpener Zitadelle bemalt. Ich war das also gewohnt. Und doch hätte ich Tijs' Rat befolgen sollen. Die Harpüse wog schwer, und die Mastspitze war hoch über mir. Ich hielt den Eimer in der Linken und stieg langsam hinauf. Je höher ich kam, desto stärker schwankte die Strickleiter. Sicher beobachteten mich alle, aber ich blickte nicht nach unten. Als ich endlich den Topp erreichte, gönnte ich mir nur eine kurze Ruhepause. Niemand sollte sagen, ich sei ein Schwächling.

Beim Streichen hängte ich den Eimer mit einem Haken in eine Sprosse.

Wie das Unglück geschah, weiß ich nicht genau. Ein Windstoß, ein falscher Tritt beim Rückwärtsklettern, ein unglückseliger Griff. Jedenfalls riß ich Haken samt Eimer aus der Sprosse. Er schlug auf die Planken. Beinahe wäre ich vor Schreck nachgesprungen.

So langsam ist wohl noch niemand vom Mast heruntergeklettert.

Unten wartete Hasenscharte mit dem Tauende. „Hundskerl, verfluchter", schnauzte er, „ich werd dich lehren aufzupassen! Um ein Haar wär mir das Zeug auf den Kopf gefallen."

„Ich bin..."

Ich kam nicht dazu, eine Entschuldigung vorzubringen. Er stürzte sich auf mich, packte mich am Handgelenk und schlug wütend auf mich ein. Das Tau klatschte auf meinen Rücken. Beim dritten Schlag war das Hemd zerfetzt. Die Haut schmerzte und brannte.

„Und das für deine Frechheit in der Schankstube!" Hasenscharte ließ nicht von mir ab.

Mir wurde schwarz vor Augen, und ich spürte nichts mehr.

„Schluß jetzt. Er war das erste Mal oben. Das kann schließlich jedem passieren", hörte ich Onkel Arents Stimme wie aus weiter Entfernung.

Den Rest erfuhr ich später. Kurz bevor ich ohnmächtig wurde, war Onkel Arent dem tobenden Steuermann in den Arm gefallen.

Aber Hasenscharte wollte nicht aufhören, und er traf Onkel Arent mit dem Tau ins Gesicht. Da schlug ihn Onkel Arent mit der Faust nieder. Kapitän Ruichaver hatte nur mit Mühe den Streit schlichten können.

Ich lag auf dem Bauch im Logis und verfluchte die Stunde, in der ich auf die „Wraak" gegangen war. Allmählich jedoch beruhigte ich mich. Onkel Arent war für mich eingetreten. Und ich hatte noch mehr Freunde: Tijs, Jan und auch Bällchen gehörten dazu. Was ist denn wichtiger, überlegte ich: der Kampf gegen die Spanier oder meine Wut auf diesen Schinder Hasenscharte! Und gibt es nicht das Sprichwort: „Es ist noch nicht aller Tage Abend"?

Nachts konnte ich zuerst kein Auge zutun. Ich grübelte und lauschte auf jedes Geräusch: das bekannte Knarren und Ächzen der Balken, daneben seltsames Knistern und Rascheln. Einmal schien es mir, als streife etwas Weiches mein Gesicht. Eine Ratte? Piet müßte her, dachte ich noch. Ich werde den Kapitän darum bitten, den Kater mit an Bord nehmen zu dürfen. Dann schlief ich ein.

Am nächsten Morgen betrachtete Tijs meine Striemen und tröstete mich. „Sieht nicht mehr so schlimm aus. Heute vormittag kannst du liegenbleiben.

„Wirklich?"

„Ich finde, daß die Luft hier unten besser geworden ist, seit Hasenscharte seine Kiste in die Steuermannskabine geschafft hat", sagte der Segelmacher.

Einige andere brummten ihre Zustimmung.

„Heute ist er an Land", berichtete Tijs.

Bald merkte ich an Kleinigkeiten, daß Hasenschartes Prügel — so dumm es klingt — mir eine andere Stellung auf dem Schiff verschafft hatten: Die Männer von der „Wraak" schubsten mich weniger herum und verhielten sich freundlicher zu mir als vorher. Natürlich gab es Ausnahmen. Hasenschartes Saufkumpan, Bootsmann Jacob Meert, einem kleinen, stiernackigen Kerl, wich ich am besten aus.

An einem der nächsten Tage ging ich zu Ruichaver in die Kajüte, um ihn wegen Piet zu fragen.

Der Kapitän saß neben Hasenscharte über eine Karte gebeugt. Ich blickte mich um. Die Kajüte sah aus wie eine kleine Wohnstube. An zwei Wänden standen große Seekartenschränke, beide hatte der Schreiner mit reichem Schnitzwerk verziert. Zur Ausstattung der Kajüte gehörte eine samtüberzogene Sitzbank und Stühle mit dicken Kissen. Alle Möbel waren natürlich am Boden und an den Wänden befestigt, damit sie bei stürmischer See nicht verrutschen konnten. Die Butzenscheiben ließen gedämpftes Tageslicht einfallen. Ein kleiner Kamin sorgte für Wärme. Sogar ein Spiegel fehlte nicht.

„Was willst du?" fragte Ruichaver.

Ich brachte meine Bitte vor.

Der Kapitän lachte. „Meinetwegen. Ein guter Braten kann in Notzeiten nicht schaden. Na, war nur ein Scherz", fügte er hinzu, als er mein Gesicht sah.

„Danke schön." Ich beeilte mich, hinauszukommen, bevor Hasenscharte sich einmischte.

Draußen an der Reling standen Onkel Arent, Bällchen und der stets freundliche Segelmacher Gerbran.

„In der Kajüte ist es gemütlicher als bei uns unten", sagte ich.

Die drei lachten. „Ja, der Kapitän hat sich die Kajüte etwas kosten lassen", meinte Bällchen, und er wurde wieder ernst, als er fragte: „War Hasenscharte beim Kapitän?"

„Ja. Warum?"

„Sie hocken immer beisammen. Ruichaver hört zu sehr auf seinen Steuermann."

„Auf der Versammlung der Kapitäne soll es gestern Unstimmigkeiten gegeben haben", berichtete Bällchen leise.

Wir rückten enger zusammen.

„Woher weißt du das?" fragte Gerbran.

Bällchen kniff ein Auge zu und verdrehte das andere. Augen zukneifen kann jeder. Sie aber so zukneifen, daß man laut darüber lachen muß, bringt nur Bällchen. Er könnte als Spaßmacher bei einer Gauklertruppe auftreten. „Ich weiß eben Bescheid."

„Erzähle!"

„Unser Admiral, Wilhelm von der Marck, möchte, daß die gesamte Flotte vor der niederländischen Küste bleibt. Aber Ruichaver hegt, wie so oft, einen anderen Plan. Er meint, woanders leichter Beute machen zu können."

„Vielleicht will er in den Stillen Ozean und nach Peru, um dort die spanischen Goldschiffe zu kapern", meinte ich, das Abenteuer reizte mich sehr.

„Das mag er den Engländern überlassen. Wir sollten uns endlich einen Stützpunkt in den Niederlanden erobern und nicht wie Piraten immer nur auf Beute aussein! Ich vermute, Hasenscharte hat ihm das eingeredet." Onkel Arents Stimme klang ärgerlich.

Die drei redeten durcheinander.

Sollte ich sagen, was ich von Hasenscharte wußte? In London hatte ich falsch gehandelt. Durch Fehler wird man klug, heißt es so schön, und sicher ist an dem Wort viel Wahres. Ob es für mich jedoch in diesem Augenblick zutraf, bezweifelte ich, denn ich war in einer ganz anderen Lage als in London, und die Entscheidung war anderer Art. Aber wieder mußte ich einen wichtigen Entschluß fassen. Was sollte ich tun?

Ich stieg zu Jan und Tijs ins Logis hinab. Die beiden hatten Nachtwache gehabt und schliefen jetzt fest. Ich hatte Mühe, wenigstens Jan wachzurütteln. „Was ist denn passiert", gähnte er, als er mich in der Dämmerung erkannte. Rasch berichtete ich, was Bällchen erzählt hatte, und fügte hinzu: „Soll ich jetzt erzählen, was ich in London gesehen habe? Was meinst du?" Er stützte sich auf und überlegte einen Augenblick. „Noch nicht", sagte er dann. „Wir haben noch immer keine Beweise gegen Hasenscharte. Es ist noch zu früh, um etwas zu sagen. Aber wir müssen auf der Hut sein und unsere Augen offenhalten. Heute abend reden wir noch einmal darüber." Ich zuckte die Schultern und ging.

Wieder an Deck, sah ich wenige hundert Meter von der „Wraak" entfernt eine schlanke Karavelle mit venezianischer Flagge. Sie setzte die Segel und lichtete die Anker. Man hörte die Männer am Spill singen. Hätte ich gewußt, wohin das Schiff fuhr und welche Botschaft es trug, ich hätte bestimmt geredet. Aber ich war kein Hellseher. Wir hatten einander versprochen zu schweigen, und ich schwieg.

„Die ‚Stolz von Bremen' und die ‚Post von Haarlem' wollen sich Ruichaver anschließen", hörte ich Bällchen sagen.

„Und wohin soll's gehen?"

Genau weiß das vielleicht nur Hasenscharte, dachte ich bei mir.

Immer hatte ich am Ufer gestanden, wenn ein Schiff auslief. Jetzt war's umgekehrt. Ich lehnte über der Reling und schwenkte wild meine rote Mütze für Mayken.

„Der Anker ist noch im Grund, und du renkst dir schon den Arm aus", spottete Tijs.

„Jan und Klecks ans Spill", kommandierte Hasenscharte.

Das Spill ist ein großes, waagerecht angebrachtes Rad mit Speichenhölzern. Es dient zum Heben des Ankers. Zwischen zwei Speichen geht jeweils ein Mann. Ich griff fest zu und schob mit aller Kraft. Wir stapften im Kreis und sangen. Die Ankerkette rasselte. Eine leichte Brise blähte die Segel.

„Prima Wetter", meinte Jan. „Gut, daß wir nicht am Freitag in See stechen."

Wer am Freitag ausläuft, hat Unglück. Das war alter Seemannsglaube. Ich spottete darüber, leider zu Recht, wie sich zeigen sollte. Zunächst freilich stand der Wind günstig. Die „Stolz von Bremen" und die „Post von Haarlem" fuhren ruhig in unserem Kielwasser.

Als wir auf offener See waren, versammelte Ruichaver die Mannschaft an Deck und lüftete das Geheimnis um das Ziel unserer Fahrt.

„In vier Wochen wird in Cádiz ein größerer Goldtransport aus Peru erwartet. Wir werden den Schiffen in der Nähe der spanischen Küste auflauern und angreifen, wenn die Goldkähne in den Hafen einlaufen. Einen Überfall direkt vor ihren Toren werden die Spanier nicht erwarten."

„Mit nur drei Schiffen ein gewagter Plan", redete ein alter Bootsmann dazwischen.

Ruichaver fuhr auf ihn los. „Rutscht dir das Herz in die Hosen? Dann spring ab und schwimm zurück!"

„Wir sind keine Feiglinge. Oranje und der Tod!" schrie Hasenschartes Kumpan Jacob Meert.

„Als ob es um Oranien ginge!" Onkel Arent sprach leise. Nur ich konnte es hören. „Der Kapitän will Beute machen."

„Oranje und der Tod!" klang es jedoch im Chor zurück. Ruichaver hatte die Mannschaft auf seiner Seite.

„Auch am Donnerstag können unangenehme Dinge passieren", hatte ich zu Jan gesagt. Man sollte nicht unken.

Der halbe Tag war noch nicht vergangen, da drehte der Wind auf Südwest und frischte auf. Die „Wraak" begann zu rollen, zu schlingern, zu tanzen, oder wie immer man die verflixte Schaukelei nennen will. Die Wellenkämme schäumten. Ein schönes Bild, dachte ich. Wenn mir nur nicht so flau im Magen würde! Der Himmel verfinsterte sich bedrohlich.

„Sieht nicht gut aus", meinte Bällchen. „Wir sollten schnell essen, bevor es losgeht." Er schickte Tijs und mich nach der Suppe für unsere Wache.

Gischtspritzer trafen uns auf dem Weg zur Kombüse.

„Versuche, dich der Bewegung des Schiffs anzupassen", riet Tijs, sonst gehst du über Bord.

Ich ahmte seinen wiegenden Gang nach. „Und wie gewöhnt sich der Magen an das Schiff?"

Tijs lachte.

Ich rührte lustlos mit dem Löffel in meiner Holzschüssel.

„Du mußt essen, Geert!"

Ich versuchte es. Nach dem fünften Löffel war es genug. Ich kletterte so schnell ich konnte aus der Luke und stürzte an die Reling. Piet strich um meine Beine. „Geh weg", murmelte ich, „das hier ist nichts für dich."

Dann schrie Hasenscharte hinter mir: „He, Klecks, wir brauchen keine Jammerlappen. Komm mit zum Loggen!"

Wenn einem richtig schlecht ist, dreht sich nicht nur der Magen um. Da verfärbt man sich gelb und grün, Schweißperlen stehen auf der Stirn, und man fühlt sich zum Sterben elend. Natürlich sah Hasenscharte, wie es um mich stand, aber er nahm keine Rücksicht.

Ich folgte ihm mit zitternden Knien zum Achterdeck. Er holte Logleine und Sanduhr aus der Hütte. Wir gingen nach Steuerbord. Loggen, so muß ich erklären, dient zur Feststellung der Schiffsgeschwindigkeit. In der Logleine befinden sich Knoten und ein Schwimmbrettchen. Der Logger wirft die Leine ins Meer und läßt sie für eine bestimmte Zeit durch die Hand gleiten. Die Messungen werden ins Logbuch eingetragen. Wie die Geschwindigkeit berechnet wird, kann ich nicht sagen, und ich wollte es damals auch gar nicht wissen. Ich konnte kaum auf den Beinen stehen.

„Halt die Sanduhr! Auf ‚los' drehst du sie um. Wenn sie abgelaufen ist, rufst du ‚halt'!"

Hasenscharte gab mir die Uhr, aber mir war so schwindlig, daß ich nicht richtig zugriff und sie fallen ließ. Das Glas zerschellte am Boden.

Hasenschartes Gesicht färbte sich dunkel. „Hundskerl, verfluchter. Du taugst zu überhaupt nichts. Ich schmeiß dich über Bord, dich und dein verfluchtes Katzenvieh!" Er versetzte mir einen Tritt mit dem Stiefel. Ich schlug hin und rutschte die Planken entlang.

Hasenscharte griff nach Piet. Mir gegenüber konnte er seine Drohung schwerlich wahr machen, aber er konnte mir weh tun, wenn er Piet tötete. Ich fühlte mich unfähig, dem Kater zu helfen.

Piet sprang zur Seite, aber Hasenscharte bekam ihn am Fell zu fassen und hob ihn mit beiden Händen hoch. Grinsend blickte er zu mir herüber. Dieser Augenblick rettete dem armen Tier das Leben. Piet zappelte in den Händen Hasenschartes, entglitt ihm, fiel auf dessen Gesicht und zerkratzte es arg. Hasenscharte schrie auf und verdeckte die Augen. So landete Piet nicht im Wasser, sondern auf der äußersten Bordplanke. Er rutschte ab, zog sich aber an Deck, machte einen Buckel und fauchte.

Die Wut raubte Hasenscharte alle Besinnung. Er wußte nicht, auf wen er sich zuerst stürzen sollte.

Eine Böe fegte über Deck. Plötzlich peitschte Regen herab.

„Alle Hand an Bord!" scholl Ruichavers Stimme von Achterdeck.

Gischt sprühte. Hasenscharte hielt sich an der Reling fest. Er zeigte mir die geballte Faust. Dann machte er kehrt und ging zum Großmast.

Ich kroch zu Piet, drückte ihn an die Brust. Wir zitterten beide.

„Alle Hand an Bord!" rief es jetzt auch vom Fockmast.

Ich rappelte mich auf und rannte zu den übrigen.

Wie ich diesen ersten Sturm überstand, kann ich nicht sagen. Auf jeden Fall blieb ich an Deck. Alles spielte sich in einem merkwürdigen Dämmerlicht ab. Am Himmel gab es nur wenige helle Flecken.

„Durch so ein Wolkenloch rutschte der Klabautermann auf einem Lichtstrahl direkt in den Großmast und rettete das Schiff", versicherte mir der Segelmacher später und schmunzelte.

Das war natürlich Unsinn. An den Klabautermann, den Zwerg mit feuerrotem Gesicht, schlohweißem Bart und struppigen Haaren, glauben nur kleine Mädchen. Die Männer erzählen von ihm, wenn sie zu tief ins Glas geguckt haben oder wenn sie Schiffsjungen wie mich ein bißchen auf die Schippe nehmen wollen.

Ruichaver rettete das Schiff durch seine umsichtigen Kommandos. „Bergt die Segel, Männer, bergt die Segel! Zieht, so zieht doch, verdammt!" schrie er aus Leibeskräften und war überall und nirgends.

Die Männer retteten die „Wraak", weil keiner ein Feigling war.

„Pack hier an, Geert!" keuchte Onkel Arent neben mir.

Ich riß nach Leibeskräften an der Leine.

„Halt fest!"

Ich wußte nicht, weshalb ich an dem einen Tau zog und das andere an einer Nagelbank festzurrte. Ich befolgte mechanisch seine Weisungen.

Der Wind fuhr in die Takelung und zerfetzte das Besansegel. Regen schlug mir hart ins Gesicht, Tropfen, schmerzhaft wie Hagelkörner. Das Wasser dröhnte und gurgelte. Eine Welle überflutete das Deck. Onkel Arent drängte mich an den Mast. Ich umklammerte das Holz und ging an meinen Platz zurück, als das Deck wieder frei war. Mitten in dem Tumult fand Onkel Arent Zeit, ein Seil um mich zu schlingen. Er befestigte es irgendwo. „Damit du nicht über Bord gehst", schrie er mir zu.

Ich nickte. Tijs und fünf andere Männer standen ganz oben in den Leinen. Diese Teufel! Hatten die Mut! Wenn nur der Mast nicht brach.

Dann war alles vorbei. Wir hockten todmüde, durchnäßt und frierend beieinander. Lebte ich noch? Ich betrachtete meine von den Seilen aufgerissenen Handflächen. Sie schmerzten und bluteten. Ich lebte.

Die See blieb rauh. Sturm und Strömung trieben uns immer wieder zurück. Tagelang kreuzten unsere drei Schiffe zwischen der Insel Wight und der französischen Küste. Ich aß nur ein paar Brocken Hartbrot und schlief schlecht. Wann blieb auch zum Schlafen Zeit? Kaum war ich ein bißchen eingedöst, kam schon wieder der ewig gleichbleibende Weckruf: „In Gottes Namen, sieben vorbei und acht verweht. Amen."

Ich drehte mich auf die andere Seite.

Tijs rüttelte mich. „Los, Geert, zur Wache!"

Hinaus in den Sturm. Vier Stunden die Augen aufgerissen. Hin und wieder ein Blick auf die Sanduhr. Wie langsam sich das Oberglas leerte! Endlich kamen wir aus dem Kanal hinaus in den freien

Ozean. Nach Tagen erscholl vom Krähennest der Ruf: „Land in Sicht!" Das mußte die Küste von Portugal sein. Wir hißten die weißblaue portugiesische Flagge, ein übliches Täuschungsmanöver. Einige Fischerboote und eine venezianische Galeere begegneten uns. Keine nennenswerte Prise.

Die See beruhigte sich. „Der Mensch gewöhnt sich an alles", lautet ein Sprichwort. Ein Glück, daß es sich bei mir bewahrheitete. Allmählich fühlte ich mich besser. Ich nahm an den Mahlzeiten teil und behielt das Essen im Magen. „Na, Junge, du bekommst wieder Farbe", sagte Onkel Arent zufrieden.

Bällchen exerzierte mit uns an Deck. „Du fichst gar nicht schlecht, Klecks." Meine Übungen mit Tijs hatten sich nun doch gelohnt. Es ist nicht üblich, daß Schiffsjungen an Enterkämpfen teilnehmen. Mir erteilte der Kapitän dazu ausdrücklich die Erlaubnis. „Weil Bällchen deine Fechtkunst so lobt", sagte er. Ich glaube aber, er sagte es, weil auf der „Wraak" jeder Arm, der einen Degen führen konnte, gebraucht wurde.

Es gab kaum eine freie Stunde an Bord. Die Freizeit war an manchen Tagen nach Minuten bemessen. Wer mich kennt, weiß, wie ich sie nutzte. Ich zeichnete: das Schiff bei Sturm, so gut es ging, die Seeleute in den Leinen und im Spill, den Koch am Herd, die Rudergänger am Ruder.

Ein Schiff ist ein großes Haus, aus dem niemand weggehen kann. Wochenlang sieht man dieselben Menschen. Mir wurden ihre Eigenheiten vertraut, ihr Bewegungen, der Ausdruck in ihren Gesichtern bei der Arbeit und im Schlafraum. Manchmal schauten mir die Männer beim Zeichnen über die Schulter, schmunzelten, lobten, spotteten oder schimpften über das, was sie sahen. Meisterleistungen waren meine Zeichnungen nicht, das wußte ich. Vieles wirkte ungenau und grob. Die meisten Zeichnungen hielt ich für so schlecht, daß ich sie sogleich zerriß. Mir fehlte ein Lehrer wie Caspar, der mich beraten und mir helfen konnte. Und doch: Je öfter ich einen Vorgang zeichnete, desto genauer beobachtete ich, und um so besser wurden die Skizzen. Oder bildete ich mir das nur ein? Jedenfalls gab ich meine Versuche nicht auf. Bei der schweren Arbeit auf dem Schiff kräftigten sich nicht nur meine Muskeln. Ich lernte auch Ausdauer und Geduld. Diese Eigenschaften kann man überall gebrauchen, aber beim Zeichnen sind sie besonders nötig.

Im Golf von Cádiz wehte der Wind flau aus wechselnden Richtungen. Manchmal hing so starker Nebel über dem Meer, daß wir nicht den zehnten Teil einer Meile weit sehen konnten. Ruichaver ließ in kurzen Abständen die Tiefe loten. Er fürchtete irgendwo aufzulaufen.

An einem solchen Nebeltag rührte ich für die Galionsfigur der „Wraak" orangegelbe Farbe zurecht. Auf Hasenschartes Wunsch sollte unser brüllender Löwe am Vordersteven sein morsches hölzernes Fell gestrichen bekommen. Hasenscharte konnte mich nie ohne Beschäftigung sehen.

Der Kapitän hatte den Rudergänger kontrolliert und verschwand in der Hütte. „Wie können wir in dieser Waschküche die Goldschiffe finden?" hörte ich ihn fluchen, bevor er die Tür hinter sich zuschlug. Ich ließ mir Zeit, rührte in der Farbe, starrte in die Nebelschleier, beobachtete die unterschiedliche Helligkeit der Schwaden.

Plötzlich tauchte ein großer, dunkler Schatten auf. „Schiff steuerbords!" rief ich Hasenscharte zu, der in der Nähe stand. Ehe ich Herkunft oder Größe ausmachen konnte, war es im Nebel verschwunden. Ich hatte jedoch gesehen, daß es ein Schiff mit dem hohen Heckaufbau spanischer Galeonen und weder die „Stolz von Bremen" noch die „Post von Haarlem" gewesen war.

„Hab nichts bemerkt", knurrte Hasenscharte. Er ging zum Großmast und rief den Posten im Krähennest an: „Etwas Besonderes?" „Alles wohl", scholl es vom Ausguck zurück.

„Du siehst Gespenster", verspottete mich Hasenscharte. Gleich darauf gab er Befehl für eine geringfügige Kursänderung und ließ die Rahen anbrassen. Jedesmal, bevor er ein Kommando gab, gebrauchte er seine Trillerpfeife. Er pfiff lang und dann mehrmals kurz.

Ich horchte auf. Der dicke Nebel brachte die Pfiffe als leises Echo zurück. Seltsam. Ein Echo auf See gab es doch nicht! Das mußten die von der „Post von Haarlem" oder der „Stolz vom Bremen" sein. Oder kam es von dem fremden Schiff?

Hasenscharte fand anscheinend Gefallen an dem Spiel. Mehrmals gebrauchte er ohne ersichtlichen Grund seine Trillerpfeife. Wieder trugen die Nebelschwaden Töne zurück.

Dann trat Ruhe ein. Ich weiß nicht, weshalb ich die Stille als unheimlich empfand.

„Habt ihr das Pfeifkonzert gehört?" fragte ich später Tijs und Jan. Aber Tijs schüttelte den Kopf: „Ordentliche Seeleute schlafen auf Freiwache."

Gegen Abend klarte es auf, aber die Nacht war finster.

Um Mitternacht trat ich meine vorgeschriebene Wache auf dem Achterschiff an. Die Hundewache! Nichts als Finsternis. Vier Stunden, in denen man gegen den Schlaf kämpft.

Ich hatte kaum zehn Minuten an der Brüstung des Hüttendecks gelehnt, als Hasenscharte zu mir kam. Er trug eine Sturmlaterne in der Hand und redete mit mir in einem Ton wie Pater Gregorius, wenn er von der Vergebung der Sünden gesprochen hatte. „Hab wieder das verdammte Ziehen in den Gliedern und kann weder liegen noch ein Auge zutun."

Mag dich die Gicht plagen und der Teufel dir Hörner wachsen lassen, dachte ich, aber ich sagte kein Wort.

Hasenscharte legte Mitgefühl in seine Augen. „Siehst verdammt müde aus. Schlaf dich heut mal aus. Ich übernehme die Wache für dich."

Ich wurde hellhörig. Sieh einer an, Hasenscharte sorgt sich um mich. Eine verdächtige Freundlichkeit. Ich nahm sie gelassen hin, dachte aber nicht an Schlaf. „Danke, Steuermann", murmelte ich, gähnte laut, ging mit stapfenden Schritten davon, polterte, damit er es hörte, die Stufen zur Kuhl hinunter und schlich mich dann leise zurück. Ich preßte mich an die Wand der Hütte und beobachtete, wie er die große Hecklaterne anzündete. Das widersprach Ruichavers Befehl. Der Kapitän wollte lieber einen Zusammenstoß riskieren, als nachts von den Spaniern in der Nähe der Küste aufgebracht zu werden. Sollte ich ihn zur Rede stellen?

Ich überlegte noch, als ich ein Licht unten im Wasser entdeckte. Es hob und senkte sich mit den Wellen. Na, ein Licht kann natürlich nicht schwimmen. Also mußte es aus einem Beiboot kommen. Nach meiner Schätzung war das Boot schon in Rufweite, aber nachts kann man sich irren.

Hasenscharte sah sich um, nahm die Sturmlaterne und beschrieb mit ihr zweimal einen Kreis. Das Licht im Boot tanzte in gleicher Weise. Mein Atem stockte. Kein Zweifel, Hasenscharte gab Zeichen, und das Boot kam näher. Und auch daran zweifelte ich keinen Moment: Die dort unten in dem Boot waren keine Freunde. Warum schwieg die Wache im Krähennest? Aber dort saß ja Jacob Meert, Hasenschartes Freund!

Jetzt konnte ich schon einzelne Gestalten im Bug des Ruderbootes unterscheiden. Sollte ich Alarm schlagen? Sicher hätten die im Boot das Licht gelöscht, wären abgedreht, und Hasenscharte hätte alles abgestritten. Nein, ich wollte sehen, was dahintersteckte.

Ich hastete ins Zwischendeck und rüttelte Jan und Tijs wach. Zu dritt kehrten wir zum Hüttendeck zurück. Hasenscharte bemerkte uns nicht. Er bückte sich nach der Besanschot, die unter der Laterne lag, rollte sie ein Stück auf und warf das Ende des Taus über die Brüstung.

„Sie werden aufentern", flüsterte mir Tijs zu.

Jan wollte sich auf Hasenscharte stürzen.

„Überlaß ihn mir. Ich hab eine Rechnung mit ihm zu begleichen."

„Warte noch!" sagte Tijs.

Wir hielten den Atem an. Der Kopf des Spaniers erschien über der Brüstung. Er trug einen Helm wie ein auf dem Land kämpfender

Söldner. Sein Gesicht war bleich und bärtig. Zwischen den Zähnen das Entermesser. Er stemmte sich schwerfällig über die Reling. Hasenscharte leistete ihm Hilfestellung, sonst wäre er wahrscheinlich wie eine fünfzehnpfündige Kanonenkugel auf Bord geschlagen.

„Wir versuchen, ihn lebendig zu kriegen", flüsterte uns Tijs zu.

„Ihr nehmt also den Spanier", sagte ich, und dann schlich ich mich leise und schnell an Hasenscharte heran.

Er sprach leise mit dem Eindringling.

Mit einem Sprung war ich an seinem Hals. Gleichzeitig schrie ich „Verrat!", so laut ich es in der Erregung konnte.

Ich glaube, die Überraschung lähmte ihn. Nach der Schrecksekunde versuchte er, mich abzuschütteln. Es gelang ihm, seinen Hals freizubekommen. Ich umschlang seine Brust.

Neben mir schlug das Messer des Spaniers zu Boden. Jan stieß es mit dem Fuß weg. Es schlitterte über die Planken. Dann hörte ich einen Schrei und gleich darauf ein Aufklatschen im Wasser. Tijs hatte die Besanschot durchschnitten. Der nächste Spanier mußte ins Meer gestürzt sein.

Tijs und Jan schrien immer wieder „Alarm!" und „Verrat!"

Ich kann nicht sagen, ob mir das alles so recht bewußt wurde. Mir ging es wie einem Angler, an dessen Leine ein großer Fisch zappelt. Der Angler hört gewiß den Flügelschlag der Wildenten oder den Schrei einer Möwe. Aber seine ganze Aufmerksamkeit gilt dem Fisch an der Schnur. So ähnlich ging es auch mir.

Ich mußte Hasenscharte festhalten, bis die anderen kamen. Er wußte, daß ihm nicht viel Zeit blieb.

„Laß los, verdammter Teufel!"

Ich gebrauchte meine Arme als Zange und versuchte, ihn zu Boden zu reißen. Es gelang mir nicht. Hasenscharte war so groß wie ich, aber stärker gebaut. Plötzlich spürte ich seine Zähne in meinem rechten Handgelenk. Der Schmerz war so scharf und unerwartet, daß ich meinen Griff lockerte.

Hasenscharte spannte den Körper und warf mich über seine

Schultern. Ich stürzte auf die Planken. Vor meinen Augen tanzten Sterne.

Er machte einen Satz zur Seite und wollte über die Reling springen. Wahrscheinlich hoffte er, das Boot der Spanier zu erreichen. Ich bekam ein Bein zu fassen. Er stürzte, und ich warf mich über ihn. Wir rollten auf den Planken und rangen keuchend. Sein Gesicht war verzerrt vor Angst und Wut. Die Adern traten dick hervor.

Auf dem Schiff wurde es lebendig. Ich hörte Stimmen. Weshalb griff niemand ein?

Hasenscharte lag jetzt halb auf mir, riß den rechten Arm hoch und schlug mir die Faust ins Gesicht. Ich nahm alle Kraft zusammen. Mit einem Ruck wälzte ich mich herum. Dann bekam er mich an der Kehle zu packen. Seine Hände krallten sich um meinen Hals.

„Ich bring dich um, verfluchter Ketzer!"

Ich versuchte, seinen Griff zu lockern. Die Luft blieb mir weg. Dann wurde mir schwarz vor Augen.

Als nächstes hörte ich Ruichavers Stimme.

„Weshalb hast du den Jungen einen verfluchten Ketzer genannt, Verdelot?"

Mir war, als hätte ich drei Stunden hintereinander in einer Luftschaukel gesessen. Ich mochte meine Augen nicht aufmachen. Die Nase juckte. Ich wischte darüber, die Hand war mit Blut beschmiert. Sofort fiel mir das Boot, der Spanier und Hasenschartes Faustschlag wieder ein.

Hasenscharte stand etwa fünf Schritte von mir entfernt. Onkel Arent und Bällchen hielten ihn fest.

Ruichaver wiederholte seine Frage an ihn.

Hasenscharte schüttelte den Kopf wie ein störrischer Esel.

„Führt ihn weg!" befahl Ruichaver. Dann beugte er sich zu mir herab.

„Geht's besser, Klecks? Tijs, bring deinen Freund in die Hütte!"

Hat jemand schon einmal gehört, daß ein Schiffsjunge in der

Steuermannskammer logiert? Ich durfte den Rest der Nacht und den ganzen folgenden Tag in Hasenschartes bequemer Koje liegen. Freilich hätte ich mich mit meinem Brummschädel auch im Prunkbett des Kaisers von China nicht wohl gefühlt. Mein Kopf war zu hart auf die Planken geschlagen. Ich behielt nichts im Magen. Jedesmal wenn ich aufstehen wollte, wurde mir schwindlig. Aber der Gedanke, daß Hasenscharte, sein Freund und der von Tijs und Jan besiegte Spanier jetzt im Zwischendeck an die Masten gefesselt standen, tröstete mich.

Aber etwas half in diesen Tagen noch viel mehr. Vor allem durch meine Aufmerksamkeit war es gelungen, den Verrat Hasenschartes aufzudecken und den Überfall der Spanier auf unser Schiff zu vereiteln. Das Bewußtsein, damit den Geusen einen großen Dienst erwiesen zu haben, half mir sehr, mit den Schuldgefühlen fertig zu werden, die mich seit meinem Londoner Versagen so schwer belastet hatten. Ich konnte wieder freier atmen und allen Freunden ins Gesicht sehen, ohne mich fragen zu müssen, ob ich ihr Vertrauen und ihre Freundschaft überhaupt verdiene. Ich weiß nicht, ob man das verstehen kann, aber erst jetzt fühlte ich mich wirklich zu den Geusen gehörig. Obwohl es mir übel ging, lag ich so ziemlich zufrieden in meiner Koje.

Tijs erzählte mir, was geschehen war, nachdem er mich in die Hütte gebracht hatte. In unmittelbarer Nähe der „Wraak" waren plötzlich Lichter aufgeflammt, sie machten die Umrisse dreier spanischer Galeonen sichtbar. Die Schiffe bewegten sich auf die „Wraak" zu. Ruichaver erteilte den Befehl, alle Segel zu setzen. Hatte ich die Kanonenschüsse der Spanier tatsächlich nicht gehört? Zum Glück war kein großer Schaden entstanden. Unser Schiff hatte an Fahrt gewonnen und den Abstand zu den Spaniern vergrößern können. Die Segelkunst der Mannschaft und die Schnelligkeit und Manövrierfähigkeit der „Wraak" retteten uns. Zusammen mit der „Stolz von Bremen" und der „Post von Haarlem", die nicht mit den Spaniern zusammengetroffen waren, gewannen wir die hohe See.

Ich kam wieder auf die Beine. Gegen Hasenscharte wurde ein Verhör angesetzt. Die ganze Besatzung der „Wraak" stand in der Kuhl, als man ihn an Deck brachte. Die Männer empfingen ihn mit Püffen und Schlägen. Ohne den von Ruichaver befohlenen Schutz wäre er keine fünf Schritt weit gekommen. Man band ihn mit dicken Stricken an den Großmast. Ich bezweifle, daß er noch alle Sinne beieinander hatte. Nie habe ich ein so wildes Gesicht gesehen.

„Bist du mit den Spaniern im Bunde gewesen, Hendrik Verdelot?" fragte Ruichaver.

„Verfluchter Ketzer!" fauchte Hasenscharte und versuchte, den Kapitän mit seinem Speichel zu treffen. „In die Hölle mit euch allen!"

„Antworte!" Ruichaver ließ die Peitsche an seinem Gesicht vorbeizischen.

Da schrie er schrill, er habe für seinen Glauben und den rechtmäßigen König Philipp gehandelt.

„Was ist das für ein Glaube, der Menschen verbrennen läßt, und was ist das für ein König, der fremde Völker auspreßt, Hendrik Verdelot! Wie kamst du mit den Spaniern in Verbindung?"

Hasenscharte gestand, von Alba zu den Seegeusen geschickt worden zu sein. Seine Aufgabe hatte er über Mittelsmänner bekommen.

„Ihre Namen kenne ich nicht", sagte Hasenscharte.

„Vielleicht wirst du dich unter der Folter an einige erinnern", drohte Ruichaver. „Überleg es dir rechtzeitig!"

Vor der Folter hatte er wohl mehr Angst als vor dem Fegefeuer, denn nach kurzem Zögern stotterte er einige Namen. Ob sie stimmten, konnte man schwer sagen. Jedenfalls gehörte Norbert Broederlam zu den Spionen im spanischen Dienst. Nachdem er die Namen preisgegeben hatte, erzählte er von seinem Auftrag. Er habe die Geusenflotte nach Cádiz locken sollen, habe aber leider nur drei Kapitäne überreden können. Die Nachricht vom Auslaufen der

Geusenschiffe sei den Spaniern durch eine Karavelle unter venezianischer Flagge überbracht worden. Auch die seltsamen Pfiffe fanden ihre Erklärung. Sie waren die ersten Verständigungszeichen zwischen den Spaniern und Hasenscharte gewesen.

Die „Wraak" hatte er den Spaniern ohne Kampf übergeben wollen. Die beiden anderen Schiffe sollten möglichst lange in dem Glauben gehalten werden, Ruichaver sei noch Kapitän der „Wraak". Mit Hilfe unseres Schiffes sollten dann die „Post von Haarlem" und die „Stolz von Bremen" gekapert werden.

Ohne zu zögern, verriet Hasenscharte seinen Spießgesellen Jacob Meert.

Flüche und Schimpfwörter gegen beide unterbrachen das Verhör. „Aufhängen! Hängt sie auf!" riefen immer häufiger die Männer, und so geschah es auch.

Hasenscharte und sein Jacob Meert bekamen einen hänfernen Kragen und hingen zwölf Stunden an der Fockrah. Die Mannschaft feierte die Hinrichtung mit einem ordentlichen Essen und einer Extrazuteilung an Branntwein. Tijs, Jan und ich waren die Helden des Tages, obwohl wir von Ruichaver eine gepfefferte Strafpredigt einstecken mußten. „Weshalb habt ihr mir nicht früher gesagt, was ihr wußtet, verflixte Bengels! Das hätte leicht schiefgehen können."

Da hatte er natürlich recht, aber ich weiß nicht, ob der Kapitän seine Vorwürfe wirklich so ernst meinte.

Trotzdem nickten wir nach Ruichavers Worten einsichtig. Tijs bemerkte etwas vorlaut, zum Glück sei es für die Spanier schiefgegangen. Da konnte der Kapitän sich ein Lächeln nicht verkneifen.

Am Abend schnitt man die Verräter von der Fockrah ab.

„Brauchst keinen Leichensack für diese Lumpen zu nähen, Gerbran", sagte Ruichaver. „Die finden ihren Weg zur Hölle auch so."

„Das gibt es nicht, Kapitän", widersprach der Segelmacher. „Die Ausstattung auf der letzten Reise soll für alle gleich sein."

Ich glaube aber, Gerbran nähte sie in die schmutzigsten, zerschlissensten Leinenfetzen, die er in seiner Kiste finden konnte.

Ich habe es schon gesagt: Ich glaube nicht an den Klabautermann und an Spukgeschichten, die sich in den Köpfen mancher Seeleute halten wie die Flöhe in ihren Kleidern und die Wanzen im Logis.

Wenn ich behaupte, mit Hasenscharte ging ein böser Geist von Bord, so muß man das nicht wörtlich nehmen, obwohl etwas Wahres dran ist. Mir passierten kaum noch Ungeschicklichkeiten. Ich verwechselte nicht mehr Brassen und Schoten, Geitaue und Toppnauten und wie die anderen Takeltaue alle heißen. Bald kletterte ich genauso geschickt wie Jan und Tijs in den Seilen, und der Teufel soll mich holen, ich habe keine Sanduhr mehr fallen gelassen.

Bällchen unterwies uns im Gebrauch der Muskete. Tijs und mir gab er noch immer Fechtstunden. Ich lernte Ausfälle und Sprünge und all die Dinge, die zur sogenannten „Hohen Schule der Fechtkunst" gehören.

Unsere Schiffe stießen zur Hauptflotte, und wir kaperten vor der niederländischen Küste. In meinem ersten Entergefecht tötete ich einen Spanier im Zweikampf. Ohne Übung wäre ich ihm unterlegen gewesen.

Sollte ich alle Kämpfe und Abenteuer der folgenden Monate schildern, sie würden ein zweites Buch füllen.

Die Wochen vergingen. Vom Umgang mit den Tauen bekamen meine Handflächen Hornhaut. Mein Leinenkittel wurde fadenscheinig und löchrig. Ein rostiger Nagel riß ein großes Dreieck hinein. Ich sprach mit dem Segelmacher. „Flickst du mir den Kittel, Gerbran? Ich besitze nur diesen einen."

„Da ist nicht mehr viel dran zu retten, Junge!"

„Und wie steht's mit einem aus den Resten vom alten Focksegel? Du bist doch ein Gewandschneider gewesen. Ich habe noch ein paar Floren im Beutel."

„Geld brauche ich hier nicht, Junge. Aber wenn du mich malen würdest, wie du die Zwart Karlientje gemalt hast, ließe sich darüber reden."

Seine Antwort erstaunte mich. „Ein sonderbares Geschäft,

Gerbran, und für dich ein schlechtes dazu. Wozu brauchst du ein Bild von dir?"

„Ach, weißt du, je älter man wird, desto wunderlicher werden wohl die Gedanken. So sag ich mir, die großen Herren lassen sich malen, und noch in hundert Jahren wird man den verfluchten König Philipp und seine Granden kennen. Was aber bleibt von dir, Gerbran, wenn du bei den Fischen bist? Nicht mal dein Enkel, der einzige, der von deiner Familie am Leben blieb, weiß, wie du ausgesehen hast."

„Ich hab keine Farben mitgenommen."

„Eine Zeichnung mit Kohle tut's auch."

„Wie du meinst, Gerbran. Trotzdem wird es für dich wahrscheinlich ein schlechter Handel. Ich will es versuchen, aber ich bin kein Meister. Zuerst werde ich ein paar Skizzen von dir machen."

„Laß dir Zeit, Junge. Wir werden noch lange auf dem Kahn zusammen fahren."

In einem ruhigen Winkel auf Achterdeck saßen wir einander gegenüber. Ich schaute mir Gerbran genau an. Er war schon alt, aber eine sehr seltene Regelmäßigkeit der Gesichtszüge war noch immer erkennbar: gerade Nase, schmale Lippen, hohe Stirn, warme braune Augen. Das Gewirr der Runzeln und Falten hatte die Klarheit dieser Züge nicht zerstört. Ich konnte mir den zwanzigjährigen Gerbran vorstellen. Wie aber hätte ich die Spur der Jahre in diesem Gesicht ohne Gerbrans Geschichten verstehen können?

Er hantierte mit Nadel, Ahle und Garn. Seine Hände glitten prüfend über das Segeltuch. „Aus ähnlichem grobem Zeug hab ich sechsundsechzig in Brüssel Wämser, Hosen und kurze Mäntel genäht, Geusenkleidung. Da wurde ich selbst ein Geuse." Er schüttelte den Kopf, als ob er sich noch immer über seine Entscheidung wunderte.

„Sitz ruhiger. Reden kannst du."

Reden war nach seinem Geschmack. Nach der Art alter Leute erzählte er gern aus seinem Leben. In allen seinen Geschichten kamen Spanier vor. Sie hatten ihm Frau und Kinder gemordet und sein Leben zerstört. Seinen Vater hatten ihre Steuern an den Bettelstab gebracht. Er war Anhänger des neuen Glaubens geworden und starb unter der Folter der Inquisition. Könnte ich all das malen... Könnte ich die großen Ereignisse in Brüssel festhalten, deren Augenzeuge Gerbran gewesen war: der Zug der dreihundert Adligen zum Palast der spanischen Statthalterin, Margarete von Parma, der Vorgängerin Albas. Ihr wurde eine Bittschrift übergeben. Margarete witterte Aufruhr. Einer ihrer Berater beruhigte sie: „Das ist nur ein Trupp landstreichender Bettler. „Gueux", sagte er verächtlich, gebrauchte das französische Wort.

„Dieses Wort griffen wir auf", erzählte Gerbran. „Sie nennen uns Geusen", rief Heinrich von Brederode, einer der Anführer, „das soll ein Ehrenname für uns sein."

Und durch Brüssel und die ganzen Niederlande scholl der Ruf gegen die Spanier: „Es leben die Geusen!"

Gerbrans Erzählungen wurden lebendig vor meinen Augen. Vielleicht sollte ich es einmal versuchen, sie eines Tages auf der Leinewand festzuhalten? Es gab Künstler, die lange Geschichten auf einem Bild erzählen. Könnte man nicht auch solch eine Geschichte über die Geusen malen? In dieser Stunde war das nicht mehr als ein flüchtiger Gedanke. Bald sollte ich ernsthaft darüber nachdenken.

Während ich zeichnete, lauschte ich Gerbrans Geschichten. Beides gehörte zusammen.

Die ersten beiden Versuche warf ich weg, aber Gerbran bewies wenigstens soviel Geduld wie ich. Am übernächsten Tag saß er mir wieder gegenüber, und in der nächsten Woche ein drittes und ein viertes Mal.

Je mehr ich über ihn wußte, desto besser wurde die Zeichnung. Mein Bild zeigte endlich etwas von seinem Wesen. Caspar hatte das immer gefordert, und ich glaube, es war mir zum ersten Mal gelungen.

An einem der nächsten Tage, kurz vor Beginn meiner Wache, gab ich Gerbran das fertige Blatt. Ich war gespannt, was er sagen würde.

Er sah es sich lange an und sagte dann zögernd: „Ich bin zu jung hier und zu...", er suchte nach dem richtigen Wort, „zu kampflustig."

„Du hast immer gekämpft, Gerbran."

„Mit Nadel und Faden, Junge. Ich habe nur Kleider geflickt und Segel genäht."

„Du hast sie für die Geusen genäht und dich in Gefahr damit gebracht. Die Klinge führst du so gut wie jeder andere, und mit der Muskete triffst du besser als wir alle. Das hab ich selbst gesehen."

„Ach was", brummte Gerbran und fügte im Davongehen hinzu: „Das Bild ist ganz gut, und dein Kittel wird morgen fertig." Doch dazu kam es nicht mehr.

„Spanisches Schiff in Sicht", scholl es aus dem Krähennest.

Die Glocke schlug Alarm.

Ich kletterte ins Logis, verstaute eilig mein Zeichenzeug, schnallte den Gürtel mit dem Entermesser um und griff zu meinem kurzen Säbel.

„Alle Hand an Bord! Alle Hand an Bord!"

Als ich aus der Luke auftauchte, stimmte Bällchen mit lauter Stimme schon unser Lied an. Wir fielen ein:

„He, ho, zum Kampf, Gesellen,

das ist der Geusen Los.

Wir fürchten weder Sturm noch Wellen,

Spaniens Macht soll an uns zerschellen,

Oranje und der Tod!"

Noch konnten uns die Spanier nicht hören. Laut scholl der Gesang über Bord und verdrängte wie immer den Rest von Furcht aus unseren Herzen.

„Ruhe! Wir kommen in Rufweite!"

Alles lief so ab, wie ich es nun schon einige Male miterlebt hatte.

An unserem Großmast trudelte die portugiesische Flagge herab, und die Geusenflagge stieg auf.

Auch dieses spanische Schiff änderte wie alle anderen vor ihm

mehrfach den Kurs, konnte uns aber nicht mehr entkommen.
Ruichaver manövrierte die „Wraak" wie immer in einem günstigen Winkel heran, so daß unsere Kanonen die ganze Breitseite des Schiffes vor sich hatten.

„Feuer!"

Alle Geschütze auf dem Hüttendeck und im Batteriedeck krachten gleichzeitig los. „Getroffen!" Der Großmast war in halber Höhe abgeknickt. Vom Besanmast war nichts mehr zu sehen. Die Segel hingen in Fetzen herab. Ich sagte schon, es war alles so wie sonst auch, nur...

Es ist klar, in solch einem Kampf muß man immer damit rechnen, getötet zu werden oder auch Menschen zu verlieren, die man gerade erst kennen- und schätzengelernt hat. Wenn dann der Kampf vorüber ist und der Sieg gefeiert wird, gibt es immer eine für alle sehr bittere Stunde: Der Abschied von den Toten. Diesmal sollte sie für mich besonders bitter werden.

Noch ehe die Spanier zum zweiten Mal geladen hatten, flogen unsere Enterhaken auf ihr Schiff. Alles, was eine Waffe tragen konnte, kletterte hinüber, stand im Kampfgewühl, focht mit einem Söldner.

Ich war an der Seite des Segelmachers. Wir trieben unsere Gegner in die Enge. Ich weiß nicht genau, wann es geschehen ist. Den Schuß, der Gerbran traf, hörte ich nicht. Plötzlich war er nicht mehr neben mir. Ich konnte mich nicht einmal um ihn kümmern. Tijs sprang für ihn in die Bresche. Die Spanier kämpften verbissen, und wir verloren viele Männer.

Eine Stunde später war das Schiff in unserem Besitz. Die überlebenden Spanier versuchten, ein schon überfülltes Beiboot zu erreichen.

„Sollen sie alle zu den Fischen!" wünschte ich in meinem Schmerz und in meiner Wut. Gerbran war tot und auch Kapitän Ruichaver, auch der baumlange Schiffszimmermann und ein Dutzend anderer Kameraden.

Das Schiff brachte uns reiche Beute: Kugeln und Pulver für unsere Kanonen, Mehl, Erbsen, Speck, Schiffszwieback und spanischen Wein zur Ergänzung unserer Vorräte, dazu Taue und Segeltuch und sogar eine Kiste mit Goldstücken. In einer Kammer im Zwischendeck fanden wir hundert neue Musketen und Hakenbüchsen mit Kugeln und Pulver.

„Damit töten sie keinen Niederländer mehr", sagte Onkel Arent, als wir die Waffen auf die „Wraak" brachten.

Aber mir saß ein Kloß in der Kehle. Am liebsten hätte ich geheult.

„Dafür ist Gerbran tot. Ich weiß nicht einmal, wo sein Enkel wohnt, um ihm eines Tages das Bild seines Großvaters zu geben."

„Laß gut sein, Geert. Keinem ist heute nach einer Siegesfeier zumute. Jeder Kampf fordert Opfer. Wollen wir deshalb unsere Sache aufgeben?"

Ich schluckte und schüttelte den Kopf.

Manch einer schreibt seine Erlebnisse und Gedanken nieder. Ich versuchte, den Tag in meinem Skizzenbuch festzuhalten. Ich zeichnete, wie Ruichaver und wie Gerbran fielen und wie wir später die Toten ins Meer senkten. Irgendwann, das war jetzt sicher, würde ich ein Bild über die Geusen malen, und Gerbran mußte unbedingt darauf zu sehen sein.

Onkel Arent übernahm zeitweilig das Kommando über das Schiff. Er sprach uns den Geusenschwur vor, und wir wiederholten ihn feierlich:

„Bei dem Bettelsack hier, beim Salz und beim Brot,
wir Geusen wanken nicht bis in den Tod!"

Zum dritten Mal, seit ich auf der „Wraak" fuhr, liefen wir Dover an. Weshalb ich die früheren Landaufenthalte nicht erwähnt habe? Na, sollte ich erzählen, daß Mayken meine Beinlinge, meine Hemden und die Wollmütze wusch und mich ganz nach Weiberart besorgt über alles und jedes ausfragte? Wen interessiert das schon? Auch die Gespräche in der Schankstube zur „Zwarte Karlientje" wären langweilig gewesen, weil sie sich immer um die gleichen Dinge bewegten. Daß die Beute zu Geld gemacht und das Geld für die Vorräte wieder ausgegeben wurde, kann man sich denken. Rückkehr und Ausfahrt wiederholten sich wie Ebbe und Flut — weshalb darüber reden?

Dieser dritte Aufenthalt aber änderte alles. Keine Sorge: Tante Griet war gesund und auch Mayken. Sijmen krächzte zum Willkommen englische Lieder zur Gitarre. Es hörte sich komisch an, weil er Stimmbruch hatte. „Mann, bist du gewachsen. Kannst ja bald als Schiffsjunge mitfahren", begrüßte ich ihn. Da war er sehr stolz.

Mayken empfing mich mit strahlenden Augen. Kater Piet bekam einen Napf voll Milch und in den nächsten Tagen nur Fische. Er schnurrte zufrieden und lag die meiste Zeit, von der Rattenjagd auf dem Schiff ermüdet, zusammengerollt neben dem warmen Herd in der Küche.

An den Abenden saßen wir in Zwart Karlientjes Schankstube. „Ruichaver leerte einen Krug auf einen Zug", erinnerte sich Bällchen lautstark, „und er würde nicht wollen, daß wir Trübsal blasen."

Na, das tat dann auch bald keiner mehr. Erst tranken wir auf die Toten, dann auf unseren neuen Kapitän. Admiral von der Marck hatte Wilhelm de Blois die „Wraak" übergeben. Sein Schiff war von einem schweren Sturm so zugerichtet worden, daß es abgewrackt werden mußte. Seine Mannschaft rühmte das Verhalten des Kapitäns bei jenem Sturm. Jeder sang der Tapferkeit des erfahrenen Geusenführers Loblieder.

Wilhelm de Blois hatte schon zu Lande gegen Alba gekämpft. Ich hatte den hochgewachsenen, grauhaarigen Geusen bei Jakob Wesembecke kennengelernt. Ein besonnener Mann. Wir waren mit der Ernennung zufrieden.

Aber etwas anderes beunruhigte uns. Die englischen Hafenbehörden ließen uns die Prise nicht an Land bringen. Bei Tag und Nacht trieben sich ihre kleinen Boote in der Nähe unseres Ankerplatzes herum. Händler durften uns für die Schiffe keine Vorräte verkaufen. Die Beamten gaben für ihr Verhalten fadenscheinige Begründungen. Verhandlungen wurden versucht, aber sie führten zu keinem Ziel.

Unsere Besorgnis wuchs.

Just an dem Tag, an dem der Kalender oft fälschlich behauptet, der Frühling beginne, holte mich ein Bootsmann des „Seeadlers" auf das Admiralsschiff.

In seiner Kajüte führte von der Marck und sein Erster Steuermann eine Unterredung mit drei Beamten Ihrer Majestät aus London. Unterredung ist das falsche Wort. Der Admiral der Geusen gestikulierte mit den Händen und rollte mit den Augen.

Einer der Engländer verlas ein Schriftstück, von dessen Inhalt der Admiral kaum mehr als einige Brocken verstand. Auch ich mußte einige Sätze mehrfach hören, ehe ich sie in unsere Sprache übersetzen konnte. Seit Jakob Wesembecke tot war, hatte ich kaum noch englisch gesprochen, und was ich übersetzte, war so unfaßbar, daß ich selbst meinen Worten kaum trauen wollte.

Ihre britische Majestät ordnete an, daß noch vor Sonnenuntergang desselben Tages die Geusenschiffe alle englischen Häfen zu verlassen hätten und sie nicht mehr anlaufen dürften. Jedem Engländer wurde untersagt, an die Geusen Brot, Fleisch, Bier oder andere Nahrung zu verkaufen.

„Noch vor Sonnenuntergang?" fragte von der Marck zornig. Ich fürchtete, er würde sich auf die Engländer stürzen. „Und wenn wir dem Befehl nicht nachkommen?"

„Habt Ihr die Kanonen in unserem Kastell und die Schießluken in der Steilküste nicht gezählt, Admiral?" fragte einer der Beamten. Sein Kopf steckte in einer riesigen weißen Halskrause, er lächelte höflich zu seinen Worten. Dafür hätte ich ihm an die Kehle springen mögen. „Nach der ersten Salve würde von Euren Schiffen nicht viel übrigbleiben."

Der Admiral rang um Beherrschung.

„Macht eine freundlichere Miene", flüsterte ihm sein Steuermann zu. „Vielleicht gelingt es, die Bedingungen zu mildern oder die Frist hinauszuzögern."

Obwohl von der Marck den Ratschlag befolgte, war daran nicht zu denken. Immerhin wurden die Engländer zugänglicher und setzten sich an den Kajütentisch. Herzog Alba habe von der Königin gefordert, den Geusen augenblicklich jede Unterstützung zu entziehen. Andernfalls habe er mit offenem Krieg und einem Einfall in England gedroht. In dieser Lage hat sich die spanienfreundliche Partei am Hofe der Königin durchgesetzt", sagte der Sprecher der drei Beamten. „Die Dinge können sich ändern, aber zum gegenwärtigen Zeitpunkt…" Er zog die Schultern hoch.

„Betrifft die Anordnung auch Weiber und Kinder?"

„Davon ist nichts gesagt."

Eine Weile redete man noch hin und her. Dann erhoben sich die Herren. Von der Marck schickte ihnen einen leisen Fluch hinterher.

Ich lief zu Mayken.

Sie nahm die Nachricht tapfer auf. „Keine Angst, Geert, wir sehen uns wieder", sagte sie zuversichtlich. Tat sie nur so beherzt, um mich zu ermutigen?

„Behalt Piet hier." Ich weiß nicht recht, weshalb ich sie darum bat, aber es war gut so. Piet hätte diese Fahrt, zu der wir drei Stunden später die Anker lichteten, nicht überlebt.

Ich hatte noch nie richtigen Hunger kennengelernt. Das flaue Gefühl, das man manchmal für ein paar Minuten oder Stunden verspürt, ist noch kein Hunger.

Zuerst krampft sich der Magen zusammen. Dann spürt man nichts mehr, aber man ist schlapp wie nach einer Krankheit und kann sich kaum auf den Beinen halten. Diesen Hunger lernten wir kennen, als wir in der Nordsee kreuzten.

Vierundzwanzig Geusenschiffe ohne Hafen.

Die „Stolz von Bremen" war in unserer Nähe.

„Habt ihr noch etwas zu beißen?" rief der Kapitän.

„Ratten", riefen wir zurück, „aber sie lassen sich schwer fangen." Ich weiß nicht, was in der Wassersuppe schwamm, die der Koch uns zweimal am Tage in den Napf schüttete! Wir träumten von Speck und Schiffszwieback, Bier und Hafergrütze. Keine Tränen und kein Befehl des Kapitäns hätten Piets Katerleben unter diesen Umständen vor dem Kessel unseres Kochs gerettet.

Am Ende der ersten Woche kaperten wir zwei spanische Kauffahrer. Von der Marck ließ die erbeuteten Lebensmittel verteilen. Sie reichten einen halben Tag.

Die Kapitäne hielten auf dem Admiralsschiff Kriegsrat. Als unser neuer Kapitän, Wilhelm de Blois, vom „Seeadler" zurückkam, rief er die Besatzung zusammen.

„Laßt die Köpfe nicht hängen! Übermorgen können wir uns den Bauch vollschlagen." Er erläuterte den Plan, in die Zuidersee einzufahren und Enkhuizen in einem Handstreich zu nehmen. „Die Stadt ist reich, und die Geusen haben dort viele Anhänger. Sie werden uns unterstützen."

Seine Zuversicht steckte uns an. Jeder fühlte sich ein wenig kräftiger.

Aber was nützen die schönsten Pläne, wenn der Wind plötzlich umschlägt! Um tagelang gegen den Wind zu kreuzen, reichte unsere Kraft nicht aus. Weder von der Marck noch Wilhelm de Blois verlangten es von uns. Weshalb mußte es auch Enkhuizen sein? Es gab genug Städte an der holländischen Küste. Diesen Gedanken hatte wohl auch unser Kapitän. Wir waren in die Nähe Brielles gelangt, der reichen Heimatstadt von de Blois, da wurden Onkel Arent und ich zum Kapitän gerufen.

Wir traten in die Kajüte.

„Kennst du Brielle?" fragte der Kapitän meinen Onkel, noch ehe er uns zum Setzen aufgefordert hatte.

„Nicht so gut wie Ihr", antwortete Onkel Arent, und der Kapitän darauf: „Als Kind bin ich auf den Rathausturm der Stadt gestiegen. Ich würde es heute noch einmal tun, um die Geusenfahne zum

Turmfenster hinauszuhängen. Was hältst du davon, Arent?"

Der Onkel überlegte laut: „Das könnte Alba ein paar schlaflose Nächte bereiten. Brielle ist eine Perle in der spanischen Krone, klein, aber kostbar. Außerdem könnten wir die Maas und alle spanischen Schiffe hinauf nach Rotterdam kontrollieren. Brielle hat einen guten Hafen, aber auch feste Mauern."

„Die haben auch schwache Stellen, Arent, wie jede Befestigung."

Mir war nicht ganz wohl bei dem Gespräch. Was ich ahnte, trat ein. Der Kapitän schickte uns als Unterhändler nach Brielle. Onkel Arent, weil er ein erfahrener Wassergeuse und ein kluger Mann war, mich, weil Jakob Wesembecke meine Wortgewandtheit gelobt hatte. Eine ehrenvolle Aufgabe, aber ich dachte mehr an die Gefahr. Wer ist schon jederzeit und immer furchtlos? Mir rutschte das Herz in die Hosen und ein Satz über die Lippen, für den ich mir gleich darauf am liebsten die Zunge abgebissen hätte. „Die Spanier werden uns aufhängen!"

Der Kapitän zog die Augenbrauen hoch.

Ich schämte mich.

„Brielle hat keine spanischen Söldner. Die Garnison wurde nach Utrecht verlegt." Wilhelm de Blois wußte gut Bescheid.

„Ungefährlich ist es natürlich nicht. Ich möchte dich nicht zwingen, Geert", fügte er hinzu.

Da bin ich nun seit einer Woche achtzehn und werde immer noch rot. „Natürlich gehe ich mit", sagte ich so fest wie möglich.

Der Kapitän gab uns ausführliche Weisungen und seinen silbernen Ring. „Eure Vollmacht. Mein Siegel ist in Brielle bekannt."

Wir stießen ab und gelangten bald auf die andere Seite des Stromes. Ich stand aufrecht im Boot und hielt eine Stange, daran flatterte der Geusenwimpel und die weiße Fahne der Unterhändler. Wir waren ohne Waffen.

Neugierige empfingen uns am Ufer mit Fragen. „Ihr werdet alles hören. Ja, es sind Geusenschiffe. Keine Angst, Brüder. Laßt uns durch! He, Alter, wir haben's eilig!"

„Geusen", schluchzte ein Mädchen und versteckte sich hinter dem Rock ihrer Mutter.

„Geusen!" riefen ein paar junge Burschen begeistert.

Im Stadthaus versammelten sich verängstigt die Ratsmitglieder. Als Onkel Arent die Übergabe der Stadt verlangte, blinzelte der dicke Bürgermeister den Ratsherren zu und fragte uns:

„Wie viele sind auf den Schiffen?"

Wir waren wenig mehr als vierhundert.

„Fünftausend, Herr, und gut bewaffnet!" entgegnete Onkel Arent lauter als gewünscht.

„Öffnet uns Brielle nicht binnen zwei Stunden die Tore, bleibt von der Stadt nur ein Häuflein Asche", fügte ich hinzu und malte mit dem Gebaren eines jungen Feldherren meine Drohung aus.

Die Herren von Albas Gnaden duckten sich – und versuchten zu handeln. Was soll man auch sonst erwarten. Wer vor anderen kriecht und um sie liebedienert, ist auch feige. Das gilt überall, und hier war es nicht anders. Die Kaufleute und Handwerker suchten ihr Schäfchen ins trockene zu bringen, boten Geld für unseren Abzug und viele Worte. Das Geschwätz zog sich in die Länge, bis Onkel Arent den Schlußpunkt setzte.

„Wir warten zwei Stunden, dann greifen wir an!"

Vor dem Rathaus erwarteten uns die Bürger der Stadt. Wir durften nicht stehenbleiben, eine Abteilung der Wache begleitete uns. So riefen wir allen im Vorübergehen zu, was wir schon den Ratsherren gesagt hatten.

„Jagt den Rat zum Teufel und öffnet uns die Tore!" forderte Onkel Arent die Bürger auf. „Es leben die Geusen! Freiheit für die Niederlande!"

Unsere schwerbewaffneten Begleiter drängten uns schnell vom Platz, denn das Echo auf unsere Worte war lautstark und deutlich. De Blois hatte recht gehabt, die Mehrzahl der Menschen war auf unserer Seite.

Eine knappe Stunde später stießen von allen Schiffen die Beiboote ab. Auf den Seglern blieben nur zwei oder drei Männer als Wache. Diesmal stand niemand am Ufer.

Wir warteten, bis alle gelandet waren, und wateten dann schwerfällig über eine sumpfige Wiese den Wällen der Stadt entgegen. Könnte mich Mayken so sehen, dachte ich. Über meinem geflickten, schmutzigen Kittel trug ich ein Bandelier aus Ochsenhaut mit Pulverhorn und Kugelbeutel. Im Gürtel steckten Entermesser und Säbel. Gerbrans Muskete und den Gabelstock schleifte ich hinter mir her. Beides war mir zum Tragen viel zu schwer. „Wenn doch die Hälfte der verdammten Musketenkugeln Hühnereier wären, Tijs!"

„Abwarten! Vielleicht bekommen wir heute abend Hähnchen am Spieß", ermutigte mich Tijs.

Endlich ließ von der Marck unsere Fahne aufpflanzen. Eine seltsame Belagerungstruppe versammelte sich da, knapp vierhundert halbverhungerte, zu allem entschlossene Männer ohne Sturmleitern und anderes Gerät.

Aus der Stadt hörten wir Schüsse. Das Zeichen zur Übergabe kam nicht. Was mochte hinter den verdammten Mauern vorgehen? Die Zeit lief ab.

Der Admiral beriet sich mit den Kapitänen. Der Schlachtplan war denkbar einfach. Eine Gruppe von uns zog zum südlichen Tor, die zweite, zu der ich gehörte, zum nördlichen.

„Öffnet!" rief de Blois, so laut er konnte, als wir nahe genug heran waren.

Als Antwort pfiffen uns ein paar Kugeln von Schützen der Stadtwache um die Ohren.

Wir schossen zurück, schnell verschwanden die Köpfe hinter der Brustwehr.

„Zündet das Tor an!" befahl der Kapitän.

Unter dem Schutz unserer Musketenkugeln sprangen zwei Beherzte vor und warfen Brandsätze. Die hölzernen Bohlen fingen rasch Feuer. Wenig später stießen wir mit einem Mastbaum das brennende Tor ein.

„Oranje und der Tod!" Angefeuert von unserem alten Schlachtruf, stürmten wir in die Stadt, aber ich brauchte meinen Säbel nicht zu ziehen. Die meisten Anhänger der Spanier hatten die Zweistundenfrist zur Flucht genutzt, oder sie waren vertrieben worden. Nur in der Nähe des Klosters stießen wir auf Widerstand. Er brach schnell zusammen.

Das Südtor hatten die Bürger von Brielle inzwischen selbst geöffnet. Die Stadt war frei!

Wer mir am Morgen prophezeit hätte, ich würde noch am Abend in Brielle saftigen Braten essen, Bier trinken und dann in einem richtigen, breiten Bürgerbett mit einem seidenen Himmel schlafen, den hätte ich glatt für... Na ja, ich weiß, schlechte Ausdrücke soll man nicht gebrauchen. Aber sage mir noch einer, das Leben schlüge keine Purzelbäume.

Der Admiral hatte uns für den nächsten Vormittag zum Marktplatz bestellt. Zur verabredeten Zeit waren alle versammelt und warteten. Endlich tat sich die Rathaustür auf, und heraus schwankte wie die Spitze des Großmastes der „Wraak" — der Admiral. Ich glaube, er hatte die ganze Nacht gefeiert. Das konnte ihm niemand übelnehmen, aber wie sah er aus!

Sein Gesicht war rot und verquollen, die Haare verklebt, der Bart noch wirrer als sonst. Zur Verhöhnung der Papstkirche trug er ein geraubtes Meßgewand über den breiten Schultern. Na, und erst seine Rede: „Brielle ist auf unsere Bedingungen nicht eingegangen", brüllte er. „Plündert es! Holt die Vorräte aus den verlassenen Häusern und das Silber aus den Kirchen! Schafft es auf die Schiffe! Macht euch einen guten Tag, Brüder. Am Abend segeln wir. Vorher aber", er rülpste laut, und sein Gesicht färbte sich so dunkel, daß ich fürchtete, der Schlagfluß würde ihn rühren, „vorher machen wir dem Herzog Alba ein Feuerchen in seiner Stadt, das bis nach Brüssel leuchtet. Und den fünf gefangenen Priestern rösten wir die..." Ich will das Wort nicht wiederholen. Man findet es in keinem Tischgebet.

Einigen gefiel, was er sagte, aber Onkel Arent fiel ihm ins Wort. „Wofür haben wir die Stadt eigentlich erobert? Damit wir sie nun plündern und niederbrennen? Geusen sind keine Piraten!" Die meisten stimmten ihm zu.

Unser Kapitän de Blois nahm das Wort. „Brielle wird nicht brennen, Admiral!" sagte er fest, und er wandte sich an alle auf dem Platz: „Aber es geht nicht nur um diese Stadt, Brüder, es geht um alle Städte, es geht um die Freiheit des ganzen Landes."

„Was hat das mit Brielle und unserer Beute hier zu tun?" riefen einige dazwischen.

„Wartet ab!" entgegnete de Blois. „Ich will euch klarmachen, daß sich einiges verändert hat. Vor zwei Jahren, ja noch im vorigen Jahr glaubten viele, Albas Herrschaft würde bald mildere Formen annehmen und es sei das beste, sich still zu verhalten. Aber sie sehen sich in ihrer Hoffnung getäuscht. Das Leben unter der Herrschaft der Inquisition und unter dem Druck der Steuern ist unerträglich geworden." Und er rief in die Menge: „Früher waren einige Hundert bereit zu kämpfen. Heute sind es Tausende! Wenn wir Brielle behaupten, werden wir ihnen Mut machen, die Spanier aus den Städten zu vertreiben. Unser Sieg in Brielle wird der Beginn der Befreiung sein, Brüder!"

Die Rede fand jubelnden Beifall. In einer Ecke wurde das Geusenlied angestimmt, aber es meldete sich ein Zweifler zu Wort. „Schön wär's, Wilhelm de Blois, nur glaub ich nicht daran. Alba wird ein paar tausend Mann gegen Brielle schicken und uns ins Meer treiben. Nehmen wir uns unsere Beute und verschwinden wir!"

„Und wohin soll die Reise gehen, Bruder?" fragte ein Alter mit zitternder Stimme. „Sollen wir wieder auf See kreuzen, bis uns der Hunger dazu treibt, den nächsten Flecken zu überfallen? Nein, ich geh hier nicht weg, Freunde. Ich habe mir geschworen, daß meine Gebeine einmal in der Heimaterde ruhen sollen. Dieser Platz ist jetzt unser, und hier bleibe ich."

„Und ich möchte in der Heimat leben", rief ich ohne Scheu, denn bei einer solchen Versammlung der Geusen kann jeder seine Meinung äußern. Nur daß mir dabei auch Mayken einfiel, sagte ich natürlich nicht.

Die Worte des alten Mannes fanden jedenfalls ein starkes Echo, und Onkel Arent schlug sogleich in seine Kerbe.

„Kämpfen wir für Beute oder für unser Land, wie es der Geusenschwur fordert?"

„Für die Niederlande!" scholl es zurück.

„Dann handeln wir danach und verteidigen die Stadt gegen Albas Söldner!" rief Onkel Arent, und damit hatte er das Schlußwort gesprochen.

Der Admiral rief die Kapitäne zur Beratung und ließ abstimmen. Fast alle entschieden sich zu bleiben.

Also blieben wir.

Ich stellte mir die Ankunft des Boten vor, der Alba die Nachricht von unserem Sieg brachte. Der Bote war sicher abgehetzt und außer Atem nach dem pausenlosen Ritt. Wo mag ihn der Herzog empfangen haben? Bei der Tafel? In seinem Arbeitszimmer? Mußte er geweckt werden? Auf jeden Fall tat Alba sicher gelassen, als man ihm die Meldung übergab. Mit seinen Beratern stand er vielleicht vor einer großen Landkarte: „Wo liegt eigentlich dieses Brielle?" könnte er gefragt haben, obwohl er die Küstenstädte bestimmt genau kennt. „Aber man braucht ja ein Vergrößerungsglas, um die Stadt zu finden!"

Die Herren werden pflichtgemäß über die Bemerkung gelacht haben.

Nur gegenüber dem engsten Berater mag Alba Besorgnis gezeigt haben. „Eine mißliche Sache, die den König verärgern könnte. Schickt sofort nach Utrecht. Man ziehe unverzüglich gegen Brielle!" Vielleicht hat er hinzugefügt: „Jeder Brand entsteht aus einem kleinen Feuer."

Auch der Herzog hat sicher seine Sprüche.

„Weitermachen!" rief Bällchen.

Wir waren dabei, die Stadtmauer und die Gräben auszubessern. Man mag von der Marck das wilde Wesen und seine Unbeherrschtheit vorwerfen, bei der Vorbereitung zur Verteidigung der Stadt bewies er Umsicht.

Neues Erdreich wurde aufgeworfen, und in die ausgebesserten Gräben wurde Wasser geleitet.

Wir schleppten die Geschütze von unseren Schiffen, stellten sie hinter der Brustwehr auf und brachen Geschützscharten in die Mauer. Die meisten Stücke ließ von der Marck zu beiden Seiten des südlichen Stadttores aufstellen. Den Grund dafür verstand ich erst später.

Einige schwere Kanonen erhielten ihren Platz auf der Spitze der Mole. Unsere Schiffe ankerten an einer geschützten Stelle des Hafens.

Kommandotrupps durchstreiften die Insel und kauften mit dem Geld der erbeuteten Stadtkasse, was an Lebensmitteln bei Bauern und Fischern aufzutreiben war. Von der Marck ernannte einen Proviantmeister, der über die Vorräte genau Buch führen mußte.

Schließlich ließ er an verschiedenen Punkten der Insel Beobachtungsposten stationieren. Sie sollten die Ankunft der Spanier so schnell als möglich melden.

Jetzt waren wir vorbereitet. Alle warteten auf die Spanier, natürlich nicht ohne Beklemmung.

Seit unserer Ausweisung aus Dover hatte ich mein Skizzenheft nicht mehr in der Hand gehabt. Jetzt nutzte ich die freie Zeit, um einige Bilder aus meinem Gedächtnis auf das Papier zu bringen, damit nichts vergessen wird von unserem Kampf gegen die Spanier. Ich wollte all das aufheben, was ich bisher erlebt hatte, und später auswählen, was sich am besten für ein Gemälde über die Geusen eignete. Außerdem lenkte mich das Malen etwas von der Unruhe vor dem Kampf ab.

Tijs schaute mir über die Schulter. „Was soll denn das werden?"

fragte er mich. Ich erzählte es und zeigte die anderen Skizzen, die das Tagebuch nun schon fast füllten. Tijs schaute sich alle sehr bedächtig an, schwieg eine Weile und sagte dann nachdenklich: „Wieso soll es eigentlich nur ein Bild von uns Geusen geben? Wir haben so viel erlebt und gesehen, das ist viel zuviel für ein einziges Gemälde! Denk mal an Antwerpen und die Befreiung der Gefangenen aus der Zitadelle und an unsere Überfahrt nach Dover und an die Ermordung von Jakob Wesembecke, denk an den toten Gerbran und an den Sturm auf Brielle..."

Himmel! dachte ich. Da bringt Tijs mich ja auf eine tolle Idee. Er hatte recht, nicht nur ein Gemälde durfte es werden, eine ganze Folge mußte ich malen, eine Chronik unserer Erlebnisse!

Ich machte mich sofort daran, Themen für die einzelnen Bilder festzulegen, Skizzen auszuwählen, und wollte mit dem Malen sofort anfangen, aber so viel Zeit ließen mir die Spanier nicht.

Die Beobachter meldeten de Blois die Ankunft von einem Dutzend spanischer Schiffe. Als ich hörte, es seien achtzehnhundert Söldner gelandet, mit Kanonen, Pferden und allerlei Belagerungsgerät bis an die Zähne ausgerüstet, muß ich wohl etwas bestürzt dreingeschaut haben. „Dann haben sie dreimal soviel Leute wie wir", meinte ich zu unserem Kapitän kleinlaut. Aber de Blois lächelte: „Nun verlier den Mut nicht, Geert. Erst müssen sie an die Stadt herankommen." Ich fragte mich, wie er das verhindern wolle, aber ihm gegenüber schwieg ich. Die Übermacht der Spanier schien ihn nicht zu erschrecken.

Kurz vor Einbruch der Dunkelheit kamen zwei spanische Unterhändler und forderten uns zur Übergabe der Stadt auf.

Von der Marck empfing sie mit grimmiger Miene. Am liebsten hätte er sie aufgeknüpft. De Blois hielt ihn davon ab, aber ungeschoren kamen sie nicht davon. Der Admiral ließ den spanischen Boten die Stiefel ausziehen und barfuß zum Tor hinausprügeln.

Jeder Kapitän hatte vom Admiral eine besondere Aufgabe erhalten.

De Blois rief einen Teil der Besatzung seines Schiffes zu sich. Er befahl uns, zwei Stunden nach Mitternacht am Pulverturm zu sein. „Vergeßt Entermesser und Degen nicht! Die Scharfschützen werden vielleicht ihre Musketen brauchen."

„Wollen wir mit den paar Mann das spanische Lager überfallen?" fragte Bällchen vorwitzig.

„Wart's ab", sagte der Kapitän und schickte uns weg, ohne weitere Erklärungen zu geben.

Onkel Arent und Tijs gehörten ebenfalls zu der Gruppe, aber auch sie wußten nicht, was de Blois vorhatte.

Ich verbrachte die Nacht in Onkel Arents Quartier. Ich hatte gelernt, in allen Lebenslagen zu schlafen, nur mit dem Aufwachen wollte es oft nicht klappen.

Onkel Arent weckte mich rechtzeitig, und wir brachen zum Pulverturm auf. Dort erwartete uns de Blois und unser Stückmeister, der Erste Kanonier der „Wraak".

Er und sein Gehilfe verteilten an uns Brandzeug, Wurfgeschosse aus einer schmierigen, mit Wachs gefestigten Masse und in Töpfe und Büchsen gefüllte flüssige Feuersätze. Sie stanken erbärmlich nach Schwefel, Salpeter und Petroleum. Wir brachten alles hinunter zum Hafen und verstauten es zusammen mit Lunten und Zunder in drei bereitstehenden Ruderbooten. Zusätzlich hatte der Stückmeister zwei Brander, das sind Boote mit Pulver und Eisen, so vollgeladen, daß sie fast übergewichtig waren.

De Blois brauchte nicht viel zu sagen. Jedem war jetzt das Ziel des Unternehmens klar.

„Weißt du noch, wie ich einmal die drei Galeonen in Brand stecken wollte?" fragte Tijs.

„Damals hast du mir einen schönen Schrecken eingejagt."
„Heute wird es Ernst."

Onkel Arent, Tijs, ich und zwei andere saßen im zweiten Boot und hatten einen der beiden Brander im Schlepp. De Blois fuhr vor uns und führte als Ortskundiger das Kommando. „Taucht die

Ruder leise ins Wasser!" befahl er.

Wir folgten ihm durch die Hafenausfahrt und ruderten auf der rechten Stromseite flußaufwärts.

Vom Meer wehte eine frische Brise. Am Himmel trieben die Wolken mit dem Mond ihr Spiel, überzogen ihn bald mit dünnen Gespinsten, verdeckten ihn mit dunklen Schatten.

Bald tauchten die Lichter des spanischen Lagers vor uns auf. Wir fuhren dicht ans Ufer heran. Weidenzweige schlugen mir ins Gesicht. Ich spähte hinüber zu den dunklen, undeutlichen Schatten der spanischen Schiffe.

Das Boot unseres Kapitäns steuerte durch dichtes Schilf. Wir hielten uns in seiner Spur. Unsere Ruder verfingen sich in Schlingpflanzen.

„Leise!" mahnte Onkel Arent.

Hinter einer scharfen Flußkrümmung verschwanden die Umrisse der spanischen Schiffe.

Wenige Meter aufwärts davon kreuzten wir den Strom. Auf der anderen Seite zweigte ein schmaler Kanal vom Fluß ab und führte in die Insel hinein. Wir folgten etwa fünfzig Meter seinem Lauf.

„Weshalb machen wir hier fest?" fragte ich Onkel Arent.

Der wußte es nicht. Auch er hatte geglaubt, wir würden versuchen, die spanischen Schiffe im Schutz der Nacht in Brand zu setzen. Statt dessen kauerten wir im taunassen Gras, warteten und froren.

Als sich der Horizont im Osten endlich rötete, erhob sich de Blois zu einem Erkundungsgang. Mich nahm er wohl mit, weil er sah, wie meine Zähne klapperten. Ich war heilfroh, daß ich mir Bewegung verschaffen konnte.

Wir gingen geduckt am Kanalbett entlang. Die Böschung wurde steiler. Wir durften uns aufrichten. Nach einer reichlichen Meile krochen wir den Uferhang hinauf.

De Blois hatte die Stelle gut gewählt. Wir konnten das Söldnerlager überblicken und waren selbst hinter Brombeergestrüpp verborgen.

Die Spanier hatten die Zelte verlassen und waren dabei, Kolonnen zu bilden. Zehn Minuten später ertönte ein Fanfarensignal. Die Söldner rückten aus.

Der Zug bewegte sich langsam über das sumpfige, eingedeichte Weideland. Dunstschwaden stiegen aus den Wiesen und umgaben die Spanier wie Schleier.

Wird die Stadt den Angriff abwehren? Weshalb unternehmen wir nichts? fragte ich mich bang. Längst war die Kälte vergessen.

„Sie marschieren zum Nordtor", stellte de Blois fest. Es klang, als sei er mit dem Gang der Dinge zufrieden.

Ich glaubte, wir würden nun zu unserer Gruppe zurückkehren. Worauf warteten wir?

Eine halbe Stunde mochte vergangen sein, als ein Kommandoschuß ertönte.

„Es geht los!" rief de Blois aufgeregt. „Unsere Leute haben die Schleusen vom Niewlanddeich geöffnet."

Mit einem Schlag war mir alles klar. Von unserem Beobachtungspunkt sahen wir die Schleusen nicht, aber ich konnte mir vorstellen, wie jetzt das Wasser hereinstürzte, die Spanier in der Ebene bedrohte und die ganze Fläche vor dem Nordtor überschwemmte. Damit wurde Brielle von dieser Seite her unangreifbar. Von der Marck hatte deshalb die Geschütze am Südtor aufstellen lassen.

Wir starrten angestrengt in die Ferne. Der Dunst behinderte die Sicht, aber so viel konnten wir doch erkennen, auf dem Niewlanddeich bewegten sich Menschen.

„Die Spanier benutzen den Deichweg, um zum Südtor zu kommen. Dort werden ihnen unsere Stücke einheizen", knurrte de Blois.

Wir gingen zurück. Der Kapitän gab letzte Anweisungen. „Denkt daran: Wir wollen nur sechs, höchstens acht Schiffe zerstören.

„Alle sollen brennen", sagte Tijs.

„Nein", entgegnete de Blois. „Willst du, daß die Spanier auf der Insel bleiben? Oder sollen wir sie mit unseren Booten nach Utrecht zurückbefördern?"

Tijs nickte nur. De Blois hatte recht. Die Stücke am Südtor begannen jetzt zu donnern.

Wir machten unsere Boote los und stießen ab. Nachdem wir den Kanalarm verlassen hatten, blieben wir wie in der Nacht dicht am Ufer und im Schilf. Es erstreckte sich bis an eine Bucht des Flusses, dort ankerten die Spanier.

Wir kamen ungesehen heran. Vielleicht hätten sie uns auch in der Strommitte nicht bemerkt. Der Mann im Krähennest der nächstliegenden Galeone, den ich jetzt deutlich sehen konnte, wandte uns den Rücken zu.

Die Spanier erwarteten keinen Angriff und hatten nur wenige Posten zurückgelassen. Wahrscheinlich starrten alle in die Richtung des Kanonendonners. Wir hatten Glück und blieben auch weiterhin unbemerkt.

De Blois gab das Zeichen, die Brander fertigzumachen.

Onkel Arent, Tijs und ich glitten in das eisige Wasser. Es reichte uns bis zu den Hüften.

Einer der Männer, die gerudert hatten, kappte das Tau.

Die vom dritten Boot brachten ebenfalls ihren Brander heran.

Der Stückmeister legte Feuer an die Lunten. Ihre Brennzeit bis zur Zündung des Pulvers war genau berechnet.

„Los!" kommandierte de Blois.

Wir schoben die Boote durch das Schilf in die Strömung hinein und versetzten ihnen einen kräftigen Stoß. Sie steuerten wie Treibholz direkt auf die spanischen Schiffe zu.

„Schnell ins Boot!" flüsterte Onkel Arent.

Wir ruderten aus dem Schilfgürtel hinaus in die Bucht.

Jetzt ging alles sehr schnell.

Die Brander explodierten mitten zwischen den spanischen Schiffen.

Pater Gregorius hatte mir gern die Schrecken der Hölle ausgemalt. Heute glaube ich nicht mehr, daß die Hölle so aussieht, wie er sie beschrieb, aber eines möchte ich behaupten: Wenn's einen Höllenschlund gibt, so kann seine Öffnung kaum mehr Lärm verursachen als die Explosion der Brander. Ich meinte, die Ohren müßten mir abfallen. Zwei Stichflammen blendeten die Augen. Bretter, Balkenstücke, Steine und weiß der Himmel was noch flogen durch die Luft und klatschten nicht weit von uns entfernt ins Wasser. Die Spanier mußten denken, der Tag des Jüngsten Gerichts sei angebrochen.

Wir nutzten die Verwirrung, waren schon heran und schleuderten unsere Brandtöpfe auf zwei niedrige Flußschiffe.

Nicht weit entfernt schaukelte eine hochbordige Galeone. „Santa Savina" stand in blauen Buchstaben am Bug. Die Spanier nennen die meisten ihrer Schiffe nach Heiligen.

„Ob die ‚Santa Savina' das Fegefeuer übersteht, wenn wir sie einmal angezündet haben?" unkte Tijs.

Auch Onkel Arent hatte das Schiff im Auge. Er lud seine Muskete, legte den Lauf auf meine Schulter, zielte und schoß auf einen Spanier, der vom Krähennest herunterkletterte.

„Dem hast du den restlichen Weg erspart", murmelte ich.

Tijs packte sich Brandsätze und Zunder unters Hemd. Wir kamen ganz nahe heran. Er kletterte an der Ankerkette der „Santa Savina" empor und schwang sich über die Reling an Bord.

Ich folgte ihm. Wir huschten über Deck. In der Kuhl lag der tote Spanier. Sonst war keine Menschenseele zu sehen. Wir warfen einen Brandsatz in die Luke zum Mannschaftslogis im Vorderschiff. Tijs gab sich damit nicht zufrieden. Wir kletterten ins Batteriedeck. Die Stückpforten waren mit schweren Deckeln fest verschlossen, aber durch die geöffnete Deckluke drang genügend Licht. Tijs entdeckte die Pulverkammer. In der Aufregung wollte er eine Brandfackel hineinwerfen. Ich riß seinen Arm zurück. „Willst du, daß wir mit dem Schiff in die Luft fliegen?"

Wir zündeten eine Lunte an, warfen das untere Ende in die Pulverkammer hinab und machten, daß wir davonkamen.

Ich kletterte die Ankerkette als erster hinab. Tijs folgte mir.

Unsere Gefährten erwarteten uns.

Ich war schon im Boot, als von einer Nachbargaleone ein Schuß auf Tijs abgegeben wurde. Er stürzte ins Wasser. Ich wollte ihm nachspringen, aber sein Kopf tauchte schon wieder auf. Er lebte! Beim Schwimmen gebrauchte er nur den rechten Arm. Rasch zogen wir ihn ins Boot. Sein Hemd war am linken Oberarm zerfetzt und färbte sich rot.

Erst jetzt dachte ich wieder an die Pulverkammer. „Weg, um Himmels willen!"

Es ist vielleicht kaum zu verstehen, aber plötzlich fiel mir meine Bilderchronik ein — eine Leinewand mit dem, was hier passiert, darf nicht fehlen! schoß es mir durch den Kopf. Wir hatten die Ruderblätter keine zwanzigmal ins Wasser getaucht, als eine Explosion die „Santa Savina" erschütterte. Flammen schossen aus dem Schiff, und uns sausten Stücke der Takelage um die Ohren, aber niemand wurde verletzt.

Die Galeone neigte sich zur Seite und sackte langsam ab.

Wir beeilten uns, aus dem Höllenkreis brennender Schiffe auf den offenen Fluß zu gelangen. Dort trafen wir unsere beiden anderen Boote.

Die Flut ließ den Fluß anschwellen. Mir fiel auf, daß man keinen Kanonendonner mehr hörte. Sollten die Spanier schon besiegt sein? Wir ruderten kräftig dem Hafen entgegen.

Onkel Arent untersuchte unterwegs Tijs Arm und beruhigte ihn. „Ein Streifschuß. Es ist nur eine Fleischwunde."

Nur einer von uns hatte noch einen trockenen Faden am Leib. Er opferte einen Fetzen von seinem Hemd, mit dem Onkel Arent notdürftig die Wunde verbinden konnte.

Kurz vor Brielle sahen wir dann die ersten Spanier auf dem Niewlanddeich. Sie gingen zurück! Man kann sich unseren Jubel vorstellen!

„Beeilt euch!" riefen wir hinüber. „Der Deichweg steht bald unter Wasser, dann müßt ihr schwimmen!"

Natürlich hörten sie unsere Rufe nicht. Die Entfernung war zu groß, und sie hätten auch kaum darauf geachtet. Zwischen Feuer und Wasser dachten sie nur noch an ihr Leben.

„Lauft schnell! Wir haben euch ein paar Schiffe gelassen! Verschwindet!"

Sie brauchten unsere Ratschläge nicht.

Am Abend befand sich kein Spanier mehr auf Voorne.

Am nächsten Tag rief von der Marck Brielles Bewohner zusammen und ließ sie unserer Sache und Wilhelm von Oranien die Treue schwören.

Einige fürchteten, die Spanier könnten zurückkehren, aber statt der Spanier kamen ermutigende Nachrichten. Vlissingen, die Seestadt auf der Insel Walcheren, hatte sich gegen Alba erhoben, das reiche Enkhuizen, das Tor zur Zuidersee, hatte die Fremdherrschaft abgeworfen. Oudewater, Dortrecht, Haarlem, Leyden und andere Städte folgten.

Der Aufstand breitete sich über alle Nordprovinzen aus. Wie de Blois vorausgesagt hatte, kämpften nicht mehr einzelne Gruppen von Geusen gegen die Spanier, nein, das ganze Volk erhob sich gegen die Unterdrücker. Albas Macht war erschüttert.

„Wir in Brielle haben ihnen das Zeichen gegeben", sagten wir untereinander bei jeder neuen Botschaft, und keiner sollte uns den Stolz darauf verargen.

Obwohl Freude und Jubel bei uns herrschten, legten wir nicht die Hände in den Schoß.

Es gab viel zu tun. Unsere Angehörigen mußten aus Dover herübergeholt werden. Auch Mayken würde kommen. Die „Wraak" bekam ein neues Ruder, und drei unserer Schiffe, die in den Kampf um Vlissingen eingegriffen hatten, wurden überholt und wieder gefechtsklar gemacht, denn noch stand der endgültige Sieg über Alba in weiter Ferne.

Ich arbeitete fleißig weiter in meinem Skizzenbuch und nahm mir vor, mit dem ersten Gemälde über den Kampf der Geusen nun bald zu beginnen.

Ich möchte gern eine eigene Werkstatt haben und eine Wohnung für Mayken und mich. Wird dieser Wunsch in Erfüllung gehen? Auf jeden Fall wird Mayken die erste sein, die das Bild zu sehen bekommt.

Worterklärungen

Back	Aufbau auf dem Vorderschiff
Backbord	die linke Schiffsseite, von hinten gesehen
Bandelier	Wehrgehänge, an dem Pulvertasche und Lunte getragen wurden
Besansegel	Segel am Hintermast
Bilge(n)wasser	Schwitz- und Leckwasser, das sich im untersten Schiffsraum, der Bilge, sammelt
Floren	alte Goldmünze, auch als Gulden bezeichnet
Fockrah	das unterste Rahsegel des Vormastes (siehe auch Rahe)
Foliant	altertümliches, großformatiges Buch
Fuß	Längenmaß; englisches Fuß = 30,48 Zentimeter
Glasen	nach der früher gebräuchlichen, halbe Stunden anzeigenden gläsernen Sanduhr; die Seewache wurde in Glasen zu je einer halben Stunde eingeteilt
Grande	Angehöriger des spanischen Hochadels
Kerk	niederländisch: Kirche
Klafter	Längenmaß, etwa 1,9 Meter
Kuhl	Teil des Decks zwischen Fockmast und Großmast

Logis	Mannschaftsraum auf Schiffen
Lokalfarbe	reiner, ungebrochener Farbton, der einen Gegenstand oder ein Bildteil besonders heraustreten läßt
Mars	Mastkorb
mevrouw	niederländisch: Frau
Onze Lieve Vrouwe Kerk	Unsrer Lieben Frauen Kirche, Kathedrale zu Antwerpen
Prise	Seebeute
Rahe	quer am Mast aufgehängte Stange für das Rahsegel
Rahen brassen	die Rahen durch Taue in eine bestimmte Lage bringen
Schilderpand	eine dem Verkauf dienende ständige Bilderausstellung der Antwerpener Maler
Schragen	Gestell aus Holz
Steuerbord	die rechte Schiffsseite, von hinten gesehen
Steven	die hochgezogene, gebogene Verlängerung des Kiels am Bug und Heck des Schiffes
Stüber	Kleinmünze
Takeltaue	Taue, die zu den Masten, Rahen und Segeln eines Schiffes gehören
Tonsur	kahlgeschorene, kreisrunde Stelle am Hinterkopf eines katholischen Geistlichen
Topp	oberstes Ende eines Mastes
Wanten	Taue auf einem Segelschiff, zur Versteifung der Masten

Weitere Känguruh-Bücher für Leseratten:

DER GEHEIMGANG
von Nina Bawden

Die Mallory-Kinder, von Kenia nach England zurückgekehrt, entdecken einen Geheimgang zu einer scheinbar leerstehenden Villa am Strand. Damit beginnt für die Kinder eine aufregende Zeit.

ZELTE IN DER ROTEN WÜSTE
von Marcella d'Arle

Zwei Kinder und ein junger Beduine durchqueren die rote Wüste. Hitze, Durst, Stammesfehden, aber auch Streitereien untereinander machen dies zu einem gefährlichen Abenteuer.

FLUCHTVERSUCH
von W. J. M. Wippersberg

Ivo hat das Leben in Wien endgültig satt. Er reißt aus. Ganz auf sich allein gestellt, versucht er, sich bis zu seinem Heimatdorf in Jugoslawien durchzuschlagen.

CAROL – IHR GRÖSSTER WUNSCH
von Helen D. Boylston

Theater zu spielen, das ist Carols geheimer Wunsch. Aber die Wirklichkeit ist anders und härter, als es sich Carol erträumt hat. Dies ist der erste Band der »Carol-Serie«.

CAROL – NICHTS WIRD EINEM GESCHENKT
von Helen D. Boylston

Endlich ist Carol Schauspielerin, auch wenn sie nur auf einer Provinzbühne spielt. Vieles geht drunter und drüber – ganz anders, als sie es sich vorgestellt hat.

CAROL – GROSSE, SCHÖNE WELT
von Helen D. Boylston

Am Broadway zu spielen ist Carols Wunschtraum. Daß ihr Wunsch in Erfüllung geht, verdankt sie ihrer harten Arbeit und nicht zuletzt ihren Freunden.

CAROL – GEWAGT UND GEWONNEN
von Helen D. Boylston

Man hat nie ausgelernt; das erfährt die junge Schauspielerin Carol. Das Schwierigste jedoch ist, mit dem eigenen Leben fertig zu werden. Mike steht Carol zur Seite: zusammen wagen und gewinnen sie.

DAS MÄDCHEN VON DER GRENZE
von Genoveva Fox

Indianerüberfälle, eine kleine weiße Siedlung mitten in der Wildnis. Doch die Erwachsenen sind durch Parteikämpfe miteinander verfeindet. Isabell und Peter müssen darum kämpfen, sich ihre Freundschaft und Zuneigung zu bewahren.

ZWISCHENFALL AUF DER BAUSTELLE
von Walter Matthias Diggelmann

Auf der Baustelle des Kraftwerkes Grande Dixence ereignet sich ein schwerer Arbeitsunfall. Ob der unheimliche Mann, den alle kennen und zu fürchten scheinen, damit zu tun hat? Die Spur führt Jean und Louis durch unterirdische Stollen der Staumauer, und nach einer aufregenden Jagd bestätigt sich der Verdacht.

DER UNTERGANG DER ORION
von Richard Armstrong

Ein überaus spannendes Buch, das vom Walfang in der Antarktis erzählt, von Stürmen, Packeis und von geheimnisvollen Unfällen, welche die Flotte verjagen.

DER SILBERHENGST
von Elyne Mitchell

Die packende Schilderung des freien und gefährlichen Lebens der Wildpferde in Australien begeistert jeden jungen Pferdefreund.

DER TÜRKISVOGEL
von Federica de Cesco

Die packenden Abenteuer von Ann und dem Indianerjungen Chee werden alle jungen Leser begeistern, die wenigstens in Gedanken einmal aus ihrer Alltagswelt ausbrechen möchten.

PONY EXPRESS
von Talmadge/Gilmore

John Riley hat nur einen Wunsch. Er will Pony-Express-Reiter werden für die berühmteste Postverbindung im Wilden Westen. Mit Spannung wird der Leser den abenteuerlichen Lebensweg des Bauernjungen verfolgen, der mit Zähigkeit und Mut schließlich seinen Traum erfüllen kann.